LA CHAIR DU ZOMBIE

L'auteur

Tommy Donbavand est né et a grandi à Liverpool, où il a exercé de nombreux métiers. Il a notamment été clown, acteur, producteur de théâtre, artiste comique pour un public d'enfants, professeur de théâtre, conteur et écrivain. En Grande-Bretagne, il intervient régulièrement à la radio, et publie dans différents magazines.

***

Pour Arran,
qui voulait être Twonk... Un batteur de zomb'rock...

***

Ouvrage de la collection Scream Street, initialement paru sous le titre :
Flesh of the Zombie
aux éditions Walker Books, Londres

Illustrations de couverture et intérieures : Éric Deschamps

ISBN : 978-2-7470-3420-3

Dépôt légal : novembre 2012
Loi n° 49-956 du 16 juillet 1949
sur les publications destinées à la jeunesse
Imprimé en Allemagne par CPI-Clausen & Bosse

TROUILLE-LA-MORT

LA CHAIR DU ZOMBIE

de

Tommy Donbavand

Traduction de l'anglais (G.-B.)
Anouk Journo-Durey

PREMIÈRE ÉDITION
bayard jeunesse

Les personnages de

TROUILLE-LA-MORT

Luke Watson

Héros de la série. Passionné de jeux vidéo, il se transforme en loup-garou sous l'effet de la colère. Volontaire et courageux, il cherche à tout prix à retourner dans le monde réel pour que ses parents puissent retrouver une vie normale.

M. et Mme Watson

Parents humains de Luke. De tempérament craintif, ils sont complètement perdus et terrifiés à Trouille-la-Mort, d'où ils espèrent s'enfuir au plus vite.

Rhésus Négatif

Faux petit vampire, né avec des cheveux blonds et sans canines. Complexé par sa différence, il se teint les cheveux en noir, porte de fausses dents. Sa cape magique abrite tout un bric-à-brac d'objets très utiles pour sortir des situations difficiles.

Cléo Farr

Adorable petite momie. Très débrouillarde, coquette, elle est ravie de faire partie de la bande de Luke et Rhésus, qui l'ont sortie de sa torpeur.

Lord Otto du Squale

Propriétaire de toutes les maisons de Trouille-la-Mort. Méchant et autoritaire, il fume d'affreux cigares. Son rêve est de débarrasser Trouille-la-Mort de toutes ses créatures bizarres. Il vit dans un domaine somptueux avec son neveu, Dixon.

Samuel Skipstone

Célèbre auteur des *Contes de Trouille-la-Mort*, qui vit dans son livre magique. Il est le seul à savoir comment s'échapper de cet horrible repaire. Il n'existe plus qu'un exemplaire de son ouvrage, très convoité par lord Otto et Luke Watson.

Effie Estra

Très jolie sorcière aux cheveux blancs qui possède le Grand Bazar Estra, où l'on peut tout trouver. Luke est ébahi par sa beauté.

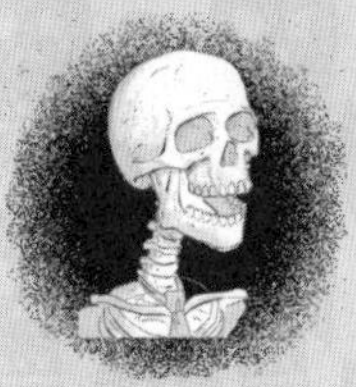

Dr Crânion

Professeur de Luke, Cléo et Rhésus. Il a fait une longue carrière de... carcasse de laboratoire ! Et pour cause, c'est un squelette !

Dixon

Neveu de Lord Otto. Joueur et cruel, un peu bête, c'est un métamorphe. Il peut donc prendre, quand ça l'arrange, l'apparence qui lui plaît.

Alston et Paula Négatif

Parents vampires de Rhésus. Ils habitent la maison voisine de celle des Watson et se montrent plutôt accueillants.

Nils Farr

Père momie de Cléo.

Doug

Zombie complètement foutraque qui circule sous terre.

Les habitants de

TROUILLE-LA-MORT

1 Manoir de lord Otto du Squale
2 Grand-Place
3 Grand Bazar d'Effie Estra
4 Les Déménageurs
5 Chez Twinkle
6 Famille Watson
7 Famille Négatif
8 Chez Effie Estra
9 Chez Cléo
10 Chez Doug, Turf et Berry
11 La demeure du Dr Crânion
12 Famille Cradeau
13 Chez Barjo Spectrum

Précédemment à Trouille-la-Mort…

Luke Watson mène une vie tout à fait ordinaire jusqu'à son dixième anniversaire, jour où il se transforme en loup-garou. Là, son existence bascule. Deux métamorphoses plus tard, sa famille et lui sont embarqués de force par l'équipe du R.Ê.V.E. (Repaire d'Êtres Vivants Extraordinaires), et obligés de s'installer à Trouille-la-Mort, une communauté de fantômes, monstres, zombies et autres créatures bizarres.

À Trouille-la-Mort, Luke se lie très vite d'amitié avec Cléo Farr, une momie risque-tout, et Rhésus Négatif, le fils des vampires qui vivent à côté de sa nouvelle maison. Quant à M. et Mme Watson, ils sont terrifiés par leurs voisins sanguinaires… Jamais ils ne s'adapteront à l'ambiance trouillemortienne !

Luke décide donc de tout faire pour les ramener chez eux. Grâce à un vieux grimoire écrit par un certain Samuel Skipstone, il apprend qu'il existe un moyen de retourner dans son ancien monde. Or, ce passage ne lui sera accessible que s'il déniche les six reliques laissées par les pères fondateurs de Trouille-la-Mort. Chacune détient un pouvoir, et ce n'est que toutes ensemble qu'elles ouvriront la voie…

Avec Cléo et Rhésus, Luke se met en quête et trouve les trois premières reliques : le croc d'un vampire, du sang de sorcière et le cœur d'une très vieille momie. Il lui reste à découvrir la quatrième…

1
Les zombies

Luke contempla la colonne vertébrale posée sur la pelouse…

Il fronça les sourcils, perplexe. À l'école qu'il fréquentait *avant*, on ne lui aurait jamais proposé ce genre d'expérience ! De plus, le cours de biologie se déroulait dehors, dans le jardin du Dr Crânion qui voulait profiter au maximum de la lumière du jour. Un sortilège maléfique avait plongé Trouille-la-Mort dans l'obscurité pendant un siècle, mais désormais le soleil brillait à nouveau. C'était merveilleux !

– Alors, Luke ? Sais-tu, oui ou non, où commence et où se termine la section lombaire ?

Luke regarda le Dr Crânion. Son professeur était un squelette, et il s'était disloqué pour les besoins de son cours. Étrange ? Même pas. Depuis qu'il vivait à Trouille-la-Mort, ce genre de bizarrerie se produisait constamment…

– J'attends ta réponse, insista le Dr Crânion.

– Euh…

Luke n'arrivait décidément pas à se concentrer. À ce moment-là, Cléo lança une poignée d'ossements par terre :

– Et zut ! Impossible de reconstituer votre cage thoracique !

– Attention de ne rien casser ! protesta le Dr Crânion. J'ai déjà perdu trois côtes à cause d'un élève…

Cléo s'apprêtait à lui répondre quand une main verdâtre jaillit de la terre, à ses pieds. Elle poussa un cri de frayeur.

– Pas de panique, c'est notre zombie préféré qui rapplique ! s'esclaffa Rhésus.

Une tête à la peau craquelée émergea du trou, et Doug, car c'était bien lui, cligna des yeux, ébloui par la luminosité.

– Salut, mes potes !

– Tu as perdu… *ça* ? se moqua Rhésus.

Et, de la doublure de sa cape magique, il sortit un morceau de jambe.

– Génial ! Je la cherche depuis ce matin ! s'exclama Doug. Où tu l'as trouvée ?

– Sur le chemin de l'école. Tu n'aurais pas fait la fête cette nuit, toi ?

– Si, à fond ! Résultat, je suis un peu décomposé… Mais après quelques points de suture, on n'y verra que du feu. Il faut que je sois tout beau pour la méga nouba !

Sur ces mots mystérieux, Doug récupéra sa jambe et repartit aussitôt sous terre.

Le Dr Crânion, qui n'était plus qu'une tête posée sur un seau placé à l'envers, regarda Rhésus d'un air sévère :

– Bravo, tu viens de rendre un fier service à Doug. Mais je te rappelle qu'il te reste ma propre jambe à assembler !

– Et à quoi ça me servira ? bougonna Rhésus.

– À apprendre ! Ce n'est pas pour rien que j'ai passé trente longues années dans le coin d'un laboratoire universitaire ! J'ai beaucoup de connaissances à transmettre.

– Oui, mais mon cerveau est déjà plein ! La preuve…

Et de l'intérieur de sa cape, Rhésus extirpa un organe grisâtre et spongieux, enveloppé d'une sorte de gelée transparente.

Luke se retint de rire… Et Cléo réprima un haut-le-cœur. Elle plaqua sa main enveloppée de bandelettes sur sa bouche.

– Tu es dégoûtant !

– À qui appartient donc cette cervelle ? questionna le Dr Crânion, intrigué.

– À mon grand-oncle Igor, répondit Rhésus. Il me l'a envoyée.

– Quelle famille de fous… ! commenta Cléo.

– Tu me dis ça, toi qui n'as plus de cerveau du tout ? riposta Rhésus. Si j'ai bonne mémoire, on te l'a retiré quand tu as été momifiée, non ?

– Oui, et alors ? Il est conservé en lieu sûr, et moi au moins, je ne me balade pas avec comme si c'était une sorte de troph…

Soudain, le tapis d'herbe se fissura à ses pieds, et un poing verdâtre jaillit.

– Pourquoi Doug revient ? s'étonna Cléo.

– Il a peut-être perdu autre chose ? répondit Luke.

Le zombie, qui se redressa lentement, ne ressemblait pas du tout à Doug. Il était borgne, avec la peau grise et une entaille sur la joue, d'où s'écoulait un liquide brun et poisseux.

– Jus de cervelle ! grogna-t-il en lançant un regard circulaire. Jus de cervelle !

Au même instant, d'autres zombies jaillirent des entrailles de la terre – un premier, un deuxième, un troisième… –, et ils se dispersèrent dans le jardin en criant à leur tour :

– Jus de cervelle ! Jus de cervelle !

– Qu'est-ce qu'ils nous veulent ? s'alarma Cléo.

– Depuis quand tu as peur d'eux ? demanda Rhésus.

– Je ne les aime pas, c'est tout !

De plus en plus de morts-vivants surgissaient autour d'eux et marchaient en titubant, apparemment sans savoir où ils allaient. L'un d'eux fit un faux pas et tomba dans la mare du Dr Crânion… De minuscules poissons squelettes sautèrent hors de l'eau pour se réfugier dans les roseaux.

– Qu'est-ce que c'est que ce bazar ! Ça suffit ! ordonna le Dr Crânion.

Mais personne ne l'écouta…

Rhésus apostropha les zombies d'une voix forte :

– Excusez-moi, vous avez dû vous tromper d'adresse ! Doug, Turf et Berry vivent au numéro 28 !

– Tu crois que ce sont leurs amis ? lança Luke.

– J'imagine… Ou alors, c'est qu'ils migrent vers le nord pour l'été, et leur tunnel passe ici.

Alors le zombie borgne empoigna Cléo et, en l'étreignant, il psalmodia :

– Jus de cervelle, Jus de cervelle…

Cléo poussa un cri de terreur.

– Lâche-la tout de suite ! exigea Luke.

– Attention derrière toi ! hurla Cléo.

Luke pivota sur lui-même au moment où l'une des créatures fonçait sur lui. Il ramassa la colonne vertébrale du Dr Crânion et s'en servit comme d'un fouet. D'un coup, il décapita le zombie… Agité de soubresauts, son corps s'écroula par terre.

– Tu n'avais qu'à pas me chercher !

Puis Luke se tourna vers Rhésus et, victorieux, il lui tapa dans la paume de la main :

– *Check !*

– *Check…* et question : qu'est-ce qu'ils nous veulent ? demanda Rhésus. Je ne les ai encore jamais vus comme ça.

– Ils sont peut-être en train de muter ?

– Possible. Normalement, ils ne sont pas agressifs.

– Ceux-là sont vraiment bizarres…

Luke fut interrompu par un autre cri. Cléo… Elle était toujours emprisonnée dans les bras couverts de croûtes du zombie borgne.

– Au secours !

– J'arrive ! s'exclama Rhésus.

Il sortit une torche enflammée de l'intérieur de sa cape et courut vers son amie.

– Attention de ne pas brûler mes bandelettes ! protesta-t-elle.

– Tu veux que je te sauve la vie, oui ou non ?

Le zombie finit par relâcher Cléo pour frotter sa chair meurtrie par les flammes que Rhésus avait approchées de lui.

– Cléo, planque-toi derrière moi ! Toi aussi, Luke !

De plus en plus de zombies les encerclaient... Grâce au feu, Rhésus parvint à les empêcher de s'avancer.

– On décampe ! dit Luke.

– Et comment ? Tu veux te transformer en loup-garou ?

– Ça non ! Primo, je n'ai pas de raison de me métamorphoser, et secundo, en loup-garou, je les tuerais, répliqua Luke.

– Ils sont déjà morts ! rétorqua Rhésus.

– Morts-vivants, nuance !

– Très bien. Puisque tu es si malin, trouve-nous une autre solution pour filer d'ici !

Soudain, ils entendirent résonner un roulement de batterie accompagné d'un riff de basse. Puis une musique au rythme lourd et puissant vibra au-dessus de Trouille-la-Mort.

– D'où ça vient ? s'exclama Cléo.

– Aucune idée, mais nos copains, eux, ont l'air de le savoir ! indiqua Luke.

Se désintéressant subitement des trois amis, les zombies s'en allaient tous dans la même direction.

– Jus de cervelle, jus de cervelle ! scandaient-ils à l'unisson.

– C'est trop bizarre, déclara Rhésus. Suivons-les !

– Moi, je vais d'abord mettre mes parents à l'abri, et je vous rejoins, répondit Luke. Ils ne se remettront jamais s'ils voient des zombies dans notre jardin !

– Hé, vous n'allez pas me laisser comme ça ! s'écria alors le Dr Crânion. Vous devez rassembler mon squelette avant de partir !

Mais aucun des trois amis ne l'écouta…

2
L'indice

Rhésus et Cléo piquèrent un sprint en direction de la Grand-Place de Trouille-la-Mort. Lorsqu'ils y arrivèrent, ils s'immobilisèrent, pétrifiés, en découvrant un spectacle saisissant : des zombies apparaissaient absolument partout ! Ils sortaient de terre et, en titubant, ils se rassemblaient pour former un énorme cortège en martelant toujours les mêmes paroles :

– Jus de cervelle, Jus de cervelle !

– Ça me fiche les chocottes, marmonna Cléo.

– Heureusement qu'ils s'éloignent de la maison de Luke, remarqua Rhésus.

Il savait à quel point les parents de leur ami étaient effrayés par toutes les créatures bizarres de Trouille-la-Mort. Depuis leur arrivée, ils avaient dû affronter des attaques de poltergeists, une invasion de vampires et une cohorte d'araignées noires. Il ne manquait plus que des morts-vivants…

Rhésus et Cléo suivirent la foule de zombies. L'un d'eux, visiblement affamé – un filet noirâtre coulait de sa bouche – voulut attaquer Rhésus, mais le jeune vampire l'esquiva habilement.

– Attention, je crois que le grand air leur ouvre l'appétit, dit-il à Cléo.

– Personnellement, je ne crains rien ! Mon cerveau est emballé dans du papier sulfurisé, à l'abri dans mon frigo !

– Sauf qu'ils ne le savent pas… Ils vont peut-être t'attaquer quand même !

– Qu'ils essaient, et ils verront !

– Suis-moi…

Ils emboîtèrent le pas à la procession qui se dirigeait vers la Grand-Place : c'était de là que provenait l'assourdissant solo de percussions accompagné de guitare basse. Rhésus se dressa sur la pointe des pieds, tentant d'apercevoir les musiciens à travers la foule qui se massait devant lui…

Les zombies, agglutinés, bougeaient en rythme. Ils sautaient et se déhanchaient, comme s'ils étaient en transe. Certains s'étaient tellement agités qu'ils tombaient par terre, et leurs membres pourris se détachaient de leurs corps…

– C'est du délire, dit Cléo d'un ton apeuré.

– Ça donne la frousse, admit Rhésus.

Il remarqua qu'une estrade se dressait au coin d'une des rues qui débouchaient sur la place. Debout, coiffé d'une casquette de base-ball à l'envers, un zombie manipulait une console de mixage.

– Regardez, c'est lui qui fait le DJ !

– J'en ai assez, je veux partir d'ici !

s'écria Cléo, encerclée par plusieurs créatures qui essayaient de la toucher. Ils n'arrêtent pas de me coller, qu'est-ce que je fais ?

Rhésus sortit des lunettes de soleil de sa cape et les posa sur son nez.

– Danse ! Dansons !

***

Quand Luke retrouva ses amis au milieu des zombies, en train de gesticuler follement comme eux, il crut halluciner.

– Vous êtes devenus fous ou quoi ?

– Très sages, au contraire ! répondit Cléo en se trémoussant avec énergie.

Rhésus bondissait sur place, survolté.

– Sinon ils vont nous piétiner et nous croquer le cerveau !

– Bouge, toi aussi ! ordonna Cléo à Luke.

– Ah non, je refuse de…

Luke s'interrompit car un zombie vêtu d'un smoking en lambeaux fonçait sur lui.

– OK, OK !

Et il se dandina en rythme à son tour.

En agitant les bras dans tous les sens, il flanqua une gifle involontaire à un zombie qui dansait près de lui. Quand Luke regarda sa main, il réprima un hoquet : l'un des yeux de la créature s'était collé à son pouce. Il secoua vigoureusement les doigts pour s'en débarrasser… Et plusieurs morts-vivants, croyant qu'il s'agissait d'une nouvelle chorégraphie, l'imitèrent !

– Hop, youp là boum hip ! s'écria Luke, hilare.

– Elle est top, ta danse ! Et tes parents, ça va ? demanda Cléo en se contorsionnant avec souplesse.

– Pas terrible. Ils étaient tellement paniqués que je les ai enfermés dans la salle de bains jusqu'à ce qu'il n'y ait plus de danger ! Au fait, j'ai apporté notre grimoire…

De sa poche, Luke extirpa *Les contes de Trouille-la-Mort.* Sans cesser de danser, il s'adressa au visage dessiné en relief sur la couverture argentée :

– Monsieur Skipstone, vous pourriez nous expliquer ce qui se passe ?

Le savant ouvrit les yeux et jeta un rapide coup d'œil circulaire à la horde de zombies.

– Hélas, non ! Je n'ai encore jamais vu ça. À ma connaissance, le dernier rassemblement de ce genre s'est déroulé il y a plus de trois cents ans. Mais ils n'étaient que huit ! Ils avaient simplement organisé un pique-nique avec, au menu, du jus de moelle épinière et une carcasse de zèbre.

– Là, ils sont des centaines ! Mais qu'est-ce qu'ils veulent ?

– Le moment est sans doute venu de consulter le quatrième indice, suggéra Skipstone.

– Avec eux autour de nous ?

– Oui. Tu comprendras le message encore plus facilement, insista Skipstone en souriant.

– Bon…

Luke s'immobilisa et, sous le regard attentif de ses deux amis, il feuilleta l'ouvrage empli de paragraphes manuscrits et d'illustrations. Il s'arrêta à une histoire intitulée « Croc d'Or et les trois Banshies ».

Les mots s'effacèrent lentement, remplacés par l'énoncé de l'énigme qui les guiderait jusqu'à la quatrième relique :

Défunts à une époque, à présent morts-vivants,
Ils t'envoient l'un des leurs à temps !
Aie confiance en lui, écoute son chant,
Puis approprie-toi sa chair et son sang...

– De la chair de zombie... Mais de *quel* zombie ? murmura Luke. Il y en a tellement !

– Un seul devrait être l'un des pères fondateurs, intervint Rhésus. On n'a qu'à consulter notre guide préféré ! ajouta-t-il en prenant une canette de bière dans sa cape.

Il la décapsula, de la mousse coula par terre... Et quelques secondes plus tard, la main de Doug jaillit du sol.

– Donne, mon petit pote, merci ! s'exclama la créature. Je meurs de soif !

– Doug, tu peux nous expliquer ce qui se passe ? demanda Rhésus.

– Ben quoi, on fait la fête !

– Et pourquoi ?

Doug but une gorgée de bière et sourit, révélant des dizaines d'asticots qui grouillaient dans sa bouche.

– Pour rien ! C'est juste notre méga festival de zomb'rock !

– Votre festival ?

– Deadstock[1] ! Vous ne connaissez pas ?

– Non…, avouèrent les trois amis en chœur.

Cléo balaya la foule du regard d'un air perplexe.

– C'est carrément…

– Mortel, oui ! compléta Doug. Turf et moi, on était fous de joie quand on a appris que Deadstock avait été organisé ici à la dernière minute. Tenez, lui, c'est…

Il désigna le zombie qui manipulait les disques à la console :

– Ultra Plat, une superstar !

Luke, Rhésus et Cléo contemplèrent le DJ. Il portait bien son nom : épais d'à peine quelques millimètres, il arborait de grosses marques de pneus sur son buste.

---

1. Référence humoristique à Woodstock, célèbre festival de rock des années 1970.

Quand Ultra Plat aperçut Doug, qui lui adressait des signes amicaux, il hocha sa tête fine comme une crêpe pour le saluer.

– Et ceux-là, qu'est-ce qu'ils font ? demanda Luke en indiquant une équipe de zombies en salopettes qui trimballaient des planches en bois.

– Ils installent la scène pour Jus de Cervelle, notre *guest star*, expliqua Doug.

– Jus de Cervelle est un chanteur ? s'étonna Cléo. En les entendant répéter « jus de cervelle » tout à l'heure, on croyait qu'ils voulaient nous dévorer les méninges !

Doug secoua la tête d'un air grave.

– Pendant Deadstock, on n'a absolument pas le droit de manger ou de goûter quoi que ce soit de ce genre ! Enfin, en principe..., ajouta-t-il à mi-voix.

– Certains ont essayé de nous attraper, souligna Rhésus.

– Pas d'inquiétude, c'est juste dans l'esprit de Deadstock : « Enlacez-vous les uns les autres ! », c'est le refrain d'un des tubes du second album de Jus de Cervelle, le meilleur groupe au monde ! Quatre musiciens géants qui nous offrent un rock de la mort ! Écoutez ! Là, Veine chante « Gobe tranquille »… Waouh, quel talent de ouf !

Luke, Rhésus et Cléo s'efforcèrent de capter les paroles en partie masquées par le son strident d'une guitare électrique.

– *Mords, mâche, arrache, crache ! Régale-toi de ce corps pas encore mort…*

– Intéressant…, commenta poliment Luke.

– Fort, très fort ! ajouta Cléo.

Soudain, la musique cessa et une voix tonitruante s'éleva au-dessus de la foule :

– SILENCE !

Stupéfaits, Luke, Rhésus et Cléo virent lord Otto apparaître à côté du DJ… Il brandissait une prise électrique qu'il venait visiblement d'arracher. Comme toujours, un répugnant cigare pendait au bout des lèvres de l'affreux propriétaire de Trouille-la-Mort.

– Deadstock est terminé ! rugit-il. Termi-né… Compris ?

3
Une étrange rencontre

Il fallut quelques secondes pour que les zombies se rendent compte qu'il n'y avait plus de musique. Cessant peu à peu de danser, ils s'avancèrent vers lord Otto et le contemplèrent avec hargne.

– Bande de monstres, qui vous a autorisés à venir ici ? Si vous ne disparaissez pas immédiatement, je demanderai aux gars du R.Ê.V.E. de vous bannir à jamais dans le Bas-Monde ! menaça lord Otto.

Luke eut la chair de poule en se rappelant la manière dont les Déménageurs du R.Ê.V.E. avaient installé sa famille de force à Trouille-la-Mort. Lord Otto ne plaisantait sûrement pas.

– Cool, Raoul ! lui lança Doug.

– « Cool, Raoul » ? répéta lord Otto, exaspéré, en jetant rageusement la prise électrique par terre. C'est à moi que tu parles ?

À ce moment-là, un jeune homme aux cheveux roux s'approcha de lui et chuchota à son oreille :

– Oncle Otto…

– *Lord* Otto !

– Pardon, mon oncle lord Otto, bégaya Dixon, son neveu. Doug voulait juste vous conseiller de vous détendre.

Le visage de lord Otto devint cramoisi.

– Me détendre ? Je vais lui montrer comment je me détends…

Il arracha le disque de la platine, et l'écrabouilla sur le sol.

– Erreur fatale, marmonna Doug, furieux.

– Et ce n'est pas fini ! vociféra lord Otto

en attrapant d'autres albums dans la pile du DJ, et en les lançant dans la foule comme des frisbees.

L'un d'eux se planta dans la chair flasque du visage d'un zombie, qui glapit de douleur.

– Pique ! appela Ultra Plat d'une voix autoritaire.

Un zombie d'une taille de colosse, tout de noir vêtu, s'approcha de lui.

– Oui ?

Le DJ lui désigna lord Otto de sa main aplatie. Le dénommé Pique fit craquer ses jointures d'un geste menaçant, s'approcha du propriétaire et, de sa main énorme, le saisit par le col. Il le souleva et l'emmena vers le manoir du Squale.

– Lâche-moi tout de suite ! TOUT DE SUITE !

Mais Pique, obstiné, ne lui obéit pas. Dixon courut derrière eux et lui tapota l'épaule :

– Emmène-moi aussi, s'il te plaît !

Pique l'attrapa et le balança sur son épaule comme un sac de farine.

– Merci ! s'écria Dixon, ravi.

– Triple idiot ! grogna lord Otto d'une voix étranglée. Tu es un métamorphe : transforme-toi pour nous tirer de là !

Mais Dixon continua à sourire d'un air béat.

– Et que la fête continue ! s'exclama Doug en rebranchant la console et les platines du DJ.

Quelques secondes plus tard, le son lourd et entraînant d'un morceau de Jus de Cervelle vibrait de nouveau au-dessus de la Grand-Place. La foule de zombies en liesse se remit à danser.

– Waouh, mes potes, on l'a échappé belle ! commenta Doug. Je ne vous raconte pas les dégâts s'il avait fallu zapper Jus de Cervelle !

– Au fait, Doug, est-ce que tu connais le tout premier zombie qui a vécu ici ? demanda Luke sans détour.

– Moi, non, mais tu devrais poser cette question à l'organisateur de Deadstock !

– C'est qui ?

Doug tendit son doigt à moitié pourri vers une silhouette fantomatique qui supervisait la construction de la scène :

– Notre voisin Barjo Spectrum, le patron de la maison de disques Zik de Ouf !

***

La cohorte de zombies rassemblés sur la Grand-Place ne cessait de grossir, et les trois amis eurent toutes les peines du monde à se frayer un passage pour se rapprocher de la scène.

– On n'y arrivera pas par là ! Passons par les jardins, décida Rhésus.

Il ouvrit le portail d'une maison et traversa la pelouse constellée de trous d'où d'autres morts-vivants sortaient comme des champignons. Cléo et Luke le suivirent au pas de course.

– Cléo, attention à celui qui rapplique vers toi ! lança Luke. Il a l'air d'avoir les crocs !

Une créature bavant, à la bouche arrachée, titubait dangereusement près de la jeune momie.

– T'inquiète ! répondit Cléo.

– Je t'aurai prévenue !

Puis il fonça avec Rhésus vers le jardin d'à côté. Quand Cléo voulut s'élancer derrière eux, deux bras vigoureux l'étreignirent. C'était le zombie borgne...

– Jus de cervelle, Jus de cervelle ! grommelait-il.

– Vous vous faites des câlins pendant votre festival, d'accord, mais moi, j'ai autre chose de prévu ! protesta Cléo. Aïe ! Tu me serres trop fort !

Mais de sa main recouverte de cloques, la créature la bâillonna. Impuissante, Cléo regarda ses deux amis s'éloigner...

Une bouffée de panique l'envahit. Le zombie sentait atrocement mauvais ! En plus, il essayait de l'emmener de force, il la tirait, enfonçait ses ongles griffus dans ses bandelettes...

Cléo fut saisie d'un malaise. Elle ferma les yeux, au bord de l'évanouissement, quand, soudain déséquilibré par quelque chose, son agresseur chancela et la lâcha. Projetée sur le sol, Cléo fit une roulade avant de se redresser, les jambes flageolantes. Elle aperçut alors une petite main à la peau vert pâle qui agrippait la cheville du zombie borgne, l'obligeant à rester sur place… Elle en profita pour s'enfuir. Mais la même main lui attrapa le mollet et l'entraîna de force vers une sorte de terrier. Cléo tomba dans un tunnel tout noir.

– Aaaaaah !

Malgré l'obscurité, elle réussit à distinguer un garçon zombie qui avait à peu près le même âge qu'elle. Il l'observait fixement.

– Ne me fais pas de mal, murmura-t-elle en reculant.

– Chut !

Au-dessus d'eux, la voûte de terre résonnait des coups de pied du zombie borgne, furieux d'avoir perdu sa proie. « Jus de cervelle ! Jus de cervelle ! » répétait-il d'un ton enragé. Puis ses pas s'éloignèrent enfin.

– Oh là là, merci ! Tu m'as sauvé la vie !

– Tu n'es pas comme les autres, déclara le jeune zombie en la dévisageant avec une franche curiosité.

– Je ne suis pas une morte-vivante, si c'est ce que tu veux dire. Je suis une momie, et je m'appelle Cléo. Et toi ?

– Je ne sais pas.

– Tu ne connais pas ton nom ?

Le mystérieux zombie secoua la tête d'un air malheureux.

– Je ne me souviens pas qui j'étais avant de mourir. Un jour, je me suis réveillé dans un cercueil, le cerveau en compote… Comme le bois était pourri, j'ai pu sortir et retrouver les miens à la surface. Mais j'ignore qui je suis.

– Ça, c'est dur…, murmura Cléo, compatissante. Là, il y a un T, remarqua-t-elle en désignant une lettre brodée sur la veste du zombie. Peut-être que ton prénom commence par un T ?

– Je n'en ai aucune idée. Si tu savais comme j'ai peur… Je me sens tellement différent d'eux ! Ils ne pensent qu'à se régaler de cervelles, alors que, moi, je rêve de découvrir mon identité…

Cléo lui sourit.

– Et si j'essayais de t'aider ?

– Sérieusement ?

– Ben oui ! Je te dois la vie, quand même ! Et si tu es d'accord, en attendant de savoir qui tu es vraiment, je te surnomme Tété.

– Tété ? s'esclaffa le jeune zombie. Pourquoi pas ?… C'est rigolo. Et tu es cool ! Ça fait longtemps qu'on n'a pas été aussi gentil avec moi.

– T'inquiète, je te comprends. Je sais ce que c'est que de perdre…

Mais Cléo n'eut pas le temps de poursuivre : quatre mains vigoureuses l'attrapèrent, la soulevèrent et la ramenèrent à l'extérieur.

– Tu vois qu'on avait raison ! se moqua Luke. Il t'arrive toujours quelque chose, à toi !

– Grâce à nous, tu échappes aux griffes de cette horrible créature ! renchérit Rhésus en rebouchant rapidement l'entrée du terrier.

Cléo entendit Tété crier à l'aide…

– Lui, il n'est pas horrible ! Il m'a sauvée du monstre qui essayait de m'enlever !

– Tu rêves ou quoi ? Il mourait d'envie d'aspirer ton jus de cervelle, affirma Luke.

– Impossible ! Tété a besoin d'aide…

– Tété ? répétèrent Rhésus et Luke avec le même effarement.

– C'est son nom ! Enfin, son surnom, mais peu importe, il…

– Mais qu'est-ce que tu racontes ? l'interrompit Rhésus. Tu as vraiment gobé ce qu'il t'a dit ?

– Oui et alors ? Tété a notre âge, il est gentil et perdu. Je vais le chercher, et inutile de m'en empêcher, OK ?

Et Cléo commença à creuser dans le terrier.

À contrecœur, Rhésus finit par lui donner un coup de main pendant que Luke montait la garde, armé d'un râteau. Quand l'entrée du tunnel redevint visible, Cléo s'y engouffra et scruta l'obscurité.

Évidemment, Tété avait disparu.

4
Le chanteur

Cléo contempla Rhésus avec colère :

– Et voilà, à cause de toi, il s'est sauvé, et il est peut-être en danger !

– Désolé, je ne savais pas que ce... Tété t'avait aidée, ni qu'il comptait déjà autant pour toi ! répliqua Rhésus.

– Tu ne m'as même pas écoutée tout à l'heure ! Je parie que tu es jaloux parce qu'il a mon âge et qu'on est devenus copains !

– Il a ton âge ?

Rhésus éclata de rire.

– Alors il a été momifié il y a environ six mille ans, lui aussi ?

– Si tu te moques de moi, c'est parce que Tété est un vrai zombie, et que ça te dérange !

– Et pourquoi ça me dérangerait ?

Mais Rhésus savait pertinemment ce que Cléo sous-entendait. Il appartenait à une famille de vampires, mais il ne possédait aucune des caractéristiques des vampires. Il détestait le goût du sang, supportait très bien le soleil, et devait porter de faux crocs… À Trouille-la-Mort, repaire des êtres extraordinaires, il était au fond parfaitement ordinaire.

– Tu me prends pour une nulle ? s'écria Cléo en le regardant dans les yeux. Tu veux un exemple ? Tiens, je doute que Tété se peigne le visage en vert comme toi tu te teins les cheveux en noir !

– Si je fais ça, c'est pour que mes parents n'aient pas honte de moi ! protesta Rhésus, piqué au vif.

– Peut-être, mais tu crois que c'est la bonne solution ?

À ce moment-là, l'air inquiet, Luke les rejoignit d'un pas rapide.

– Vous continuerez à vous disputer quand on aura réglé notre problème ! On doit trouver qui vous savez, et vite !

Tous les trois retournèrent vers la Grand-Place où des centaines de zombies dansaient sur une musique assourdissante. Le festival de zomb'rock battait son plein.

– Bon, où est Barjo Spectrum ? lança Cléo, qui avait déjà oublié son accès de mauvaise humeur. Il est…

– Ici ! compléta le fantôme en surgissant devant elle. Barjo Spectrum en personne vous salue !

Avec son épaisse chevelure coiffée en arrière, le spectre paraissait plus déjanté que jamais. D'un geste grandiloquent, il tendit une carte de visite translucide à Rhésus :

– C'est moi qui dirige le label Zik de Ouf, et qui organise Deadstock. Vous êtes des fans de Jus de Cervelle ?

– En fait, on recherche un zombie en particulier…, commença Rhésus.

– Moi aussi ! s'écria une voix féminine.

Effie Estra, la sorcière qui tenait le Grand Bazar de Trouille-la-Mort, se fraya un passage pour les rejoindre. Sur son chemin, tous les zombies s'immobilisaient pour la contempler, captivés par sa beauté hors du commun.

– Mon magasin a été cambriolé ! annonça-t-elle.

– Et pourquoi pensez-vous que le coupable se trouve parmi mes amis ? interrogea Barjo Spectrum.

– C'est très simple : je suis retournée chez moi un moment, et pendant mon absence, j'ai activé mon sortilège de sécurité…

Effie extirpa une boule de cristal des replis de sa longue robe.

– Constatez vous-même !

Une image se forma peu à peu dans la sphère. Au lieu de la regarder, Luke gardait les yeux rivés sur Effie, ébloui et fasciné. Cléo lui donna un coup de coude afin qu'il reporte son attention sur l'enregistrement du cambriolage…

Ils virent un zombie aux cheveux roux entrer par la porte de la réserve et faire irruption dans la boutique d'Effie. Le mort vivant se mit ensuite à renverser les étagères, casser les présentoirs et déchirer des documents.

– Il a volé beaucoup de choses ? s'inquiéta Cléo.

– Au moins quelques potions magiques, répondit Effie. Il y a une telle pagaille que je ne sais pas encore exactement ce qui me manque.

Toisant Barjo Spectrum d'un regard sévère, elle ajouta :

– J'avais gardé le Grand Bazar ouvert pendant Deadstock parce que vous, monsieur Spectrum, m'aviez assuré qu'il n'y aurait strictement aucun problème !

– Voyons, ma chère Effie, il m'est impossible d'être responsable des actes commis par tous les zombies qui viennent écouter leur groupe favori ! protesta Barjo.

– Peut-être… En revanche vous pouvez me rembourser les dégâts commis.

– Vous rembourser ? Je ne suis pas…

– Monsieur Spectrum, intervint Luke, je sais que ce n'est pas le bon moment pour vous le demander, mais on voudrait…

– Accéder aux coulisses pour avoir des autographes, j'ai compris !

Barjo tendit des cartes plastifiées aux trois amis.

– Voici des passes. Pique, rapplique ! appela-t-il.

Le zombie géant apparut aussitôt et, de son énorme bras, il poussa Luke, Rhésus et Cléo vers une grande tente en tissu noir installée derrière la scène.

– Non, monsieur Spectrum, ce n'est pas ça ! protesta Luke. On veut…

– Laisse tomber, conseilla Rhésus. Il est presque plus facile de s'échapper du Bas-Monde que d'obtenir une réponse de Spectrum !

– Le Bas-Monde ? Lord Otto en a parlé tout à l'heure, se rappela Luke. C'est quoi, exactement ?

– Un endroit qu'il vaut mieux ignorer, si

tu veux mon avis, répondit Cléo en esquissant une grimace.

– Un autre royaume, en fait, expliqua Rhésus. Un lieu terrifiant qui te mine le moral et te plonge dans un désespoir éternel.

– Idéal pour les vacances ! plaisanta Luke.

– On ne rigole pas à propos du Bas-Monde, prévint Rhésus. Les gars du R.Ê.V.E. y bazardent les nuisibles : des êtres vraiment maléfiques en qui on ne peut pas du tout avoir confiance.

– Ça existe ici, ce genre de personnes ? s'étonna Luke.

– Eh oui… Elles viennent des différentes communautés du R.Ê.V.E. dans le monde, précisa Rhésus.

– Tu veux dire qu'il existe ailleurs d'autres repaires comme Trouille-la-Mort ?

– Dans pratiquement tous les pays, confirma Cléo. Mon père et moi vivions en Australie avant de nous installer ici.

– Et notre concert aurait dû se dérouler en Scandinavie, pas dans ce trou perdu ! pesta une voix masculine.

Les trois amis se retournèrent. Un visage verdâtre, dont le regard était dissimulé par de petites lunettes de soleil ovales, les épiait à travers une ouverture de la tente.

– Vous nous parliez ? demanda Rhésus en s'avançant.

– Ne bouge pas ! ordonna le zombie.

– Rassurez-vous, on est des amis de Barjo Spectrum, intervint Cléo. Il nous a donné des passes et…

– Même s'il vous avait communiqué le téléphone de Frankenstein, je vous dirais de rester où vous êtes !

– Ah… Bon. OK. Vous faites partie du groupe ? interrogea poliment Luke.

Le zombie sortit de la tente. Il était grand, mince, et couvert de tatouages. En réalité, il ne portait pas de lunettes : ses yeux étaient noirs comme de l'encre.

– Si je fais partie du groupe ? répéta-t-il d'un ton dédaigneux. Le groupe, c'est moi !

– Mais Jus de Cervelle n'a pas quatre musiciens ? s'enquit Cléo.

Le zombie lissa ses cheveux noirs gominés.

– Même une légende vivante telle que Veine a besoin de musiciens…

– Quoi ? Vous êtes Veine le chanteur ? s'exclama Rhésus.

– Pour un vampire, tu captes vite…

– Merci du compliment, marmonna Rhésus d'un ton où perçait une pointe d'irritation.

– Alors comme ça, vous étiez censés vous produire en Scandinavie, aujourd'hui ? demanda Luke.

– Exact.

– Donc Deadstock n'aurait pas dû avoir lieu à Trouille-la-Mort ? insista Cléo.

– Le lieu du concert a été changé à la dernière minute à cause d'une épidémie chez les démons de Suède, grommela Veine. Un virus bizarre qui les a contaminés… Bref, les émissaires du R.Ê.V.E. ont ouvert une trappe-éclair, et on a été propulsés ici.

– Et ça vous énerve, résuma Cléo.

– Pour une momie, tu comprends vite ! Trouille-la-Mort n'est qu'un affreux trou à rats et…

– Ne critiquez pas notre repaire ! coupa Rhésus.

– Tu te plais tant que ça, ici ? rétorqua Veine.

Rhésus, tendu, lui lança avec agressivité :

– Ça vous déplaît tant que ça, ici ?

– Laisse tomber ! intervint Luke. Comment les zombies ont-ils été informés de ce changement de programme ? demanda-t-il.

Veine eut un léger haussement d'épaules, comme si cette question lui paraissait ridicule.

– Twonk, notre batteur, s'occupe du fan club de Jus de Cervelle. Il a forcément contacté tout le monde.

– Donc il y a une liste ! s'exclama Luke en regardant ses amis. Il faut qu'on y jette un coup d'œil tout de suite !

Il s'apprêtait à pénétrer dans la tente quand Veine l'agrippa par l'épaule.

– Ni tes potes ni toi n'allez déranger mes musiciens maintenant ! Ils ont besoin de se concentrer avant d'entrer en scène.

– Oui, mais cette liste nous aidera à trouver…

– Je m'en moque, mon gars ! Déjà qu'on doit se produire dans ce coin paumé de chez paumé… Si en plus, on a des gamins entre les pattes, on n'y arrivera pas !

– Mais qu'est-ce que vous avez contre Trouille-la-Mort, à la fin ? s'énerva Rhésus.

– Je connais trop cet endroit, lança Veine en se dirigeant vers la tente. J'y ai habité, figure-toi… Je crois même que je suis le premier zombie à y avoir vécu !

5
Le sortilège

– Vous avez entendu ce qu'il a dit ? s'exclama Rhésus. C'est… LUI !

– Veine appartient aux pères fondateurs ? Mais il est… horrible ! dit Cléo.

– Pas plus que les autres Trouillemortiens, souligna Luke. Si Veine est vraiment celui qu'on cherche, il n'y a plus qu'à espérer qu'il nous remettra sa relique…

À ce moment-là, les quatre musiciens de Jus de Cervelle sortirent de la tente et, sans leur accorder le moindre regard, se dirigèrent vers la scène. Barjo Spectrum prit le micro et s'adressa à la foule, devenue silencieuse :

– Aujourd'hui, amis zombies, c'est le plus grand jour de votre mort-vie ! Le meilleur groupe de zomb'rock est parmi nous ! Ici, à Trouille-la-Mort, voici... JUS DE CERVELLE !

Un tonnerre d'applaudissements salua l'arrivée des artistes. Le public criait, tapait des mains et des pieds, complètement survolté.

Barjo Spectrum poursuivit ses présentations :

– À la batterie, Twonk, qui n'y va jamais de main morte !

L'éclairage d'un spot balaya un zombie au visage rond et rieur. Assis devant une série de toms tendus de peau humaine, il empoigna deux grands os et commença à marteler un rythme puissant.

– À la basse, celui qu'on surnomme le Silencieux, sans doute parce qu'il a perdu ses lèvres pendant la dernière tournée : Porridge !

Les femmes zombies poussèrent des cris hystériques lorsque parut le bassiste : grand, longiligne, avec de longs cheveux verts qui lui recouvraient en partie le visage, il jouait d'un instrument des plus bizarres : un os de cuisse muni de tendons en guise de cordes. Porridge accompagna Twonk.

– À la guitare électro-acoustique, une voluptueuse sirène qui sait si bien faire chanter son instrument… Jazza !

Ce fut au tour des hommes zombies de pousser des cris frénétiques quand Jazza, munie d'une colonne vertébrale-guitare, rejoignit Twonk et Porridge. Elle entama aussitôt un solo endiablé. Elle possédait huit doigts à chaque main, car elle avait des extensions digitales.

– Et enfin, celui qu'on ne présente plus, la superstar du zomb'rock : VEINE !

Applaudi par ses fans en liesse, le chanteur de Jus de Cervelle déambula nonchalamment jusqu'au milieu de l'estrade. Il prit le micro que lui tendait Barjo Spectrum et entama sa première chanson d'une voix d'outre-tombe :

– *T'ouvrir la poitrine et prendre ton cœur,*
Être arraché d'ici, ce serait mon malheur !
Je laisserai couler ton sang comme une rivière,
De ton foie, tu l'épongeras... comme une serpillière !

Barjo Spectrum se matérialisa soudain à côté de Luke, Rhésus et Cléo.

– Alors, ça vous plaît ? hurla-t-il pour se faire entendre malgré les décibels qui faisaient vibrer l'atmosphère.

– Les paroles sont... méga puissantes ! commenta Luke, remarquant que Rhésus enfonçait discrètement des bouchons dans ses oreilles.

– Ce morceau s'appelle « Zombies en fête » ! Il a été écrit par un fan anonyme qui l'a adressé à Veine ce matin !

– Ce matin ? Wouah, c'est...

– Là-bas, je vois Tété ! s'écria soudain Cléo en désignant un petit zombie qui zigzaguait au milieu de la foule. Venez vite !

Les trois amis saluèrent Barjo Spectrum et filèrent vers Tété qui semblait terrifié par l'ambiance déchaînée. Entraînés par la musique, les zombies dansaient avec un tel enthousiasme que certains en perdaient un bras ou une jambe, et des parties de corps démembrés voltigeaient en l'air…

– Attention, moi, je garde la tête sur les épaules ! clama Rhésus en extirpant une raquette de tennis de sa cape magique.

Il s'en servit habilement pour ouvrir un passage dans la cohue. Non sans peine, ils parvinrent à rejoindre Tété.

– Ah, te voilà ! On te cherchait… Ça va ? s'inquiéta Cléo.

– Non ! Je veux partir d'ici ! répondit Tété.

– Viens avec nous, proposa Rhésus.

– Fichons le camp, renchérit Luke. On discutera avec Veine plus tard !

Cléo prit Tété par la main, et tous les quatre fendirent la foule pour sortir de la Grand-Place. Toujours muni de sa raquette de tennis, Rhésus éloignait tous les zombies qui gênaient leur progression. Il donnait des coups réguliers, comme s'il chassait des mouches… Mais l'un des morts-vivants se rebiffa et planta ses doigts griffus dans l'épaule de Luke qui passait près de lui.

– Aïe ! Ça ne va pas, non ? hurla Luke.

Puis il vacilla subitement, en proie à une sensation aussi fulgurante que familière. Sa vue se brouilla, et une violente douleur irradia dans son buste. Il eut juste le temps de prononcer le prénom de son amie.

Cléo écarquilla les yeux.

– Luke se transforme !

Rhésus et Tété se retournèrent à l'instant où la métamorphose s'accomplissait : les os des bras de Luke craquèrent et s'allongèrent, ses biceps gonflèrent… De longues griffes jaunes et acérées jaillirent au bout de ses doigts, et une épaisse fourrure brune lui recouvrit la peau.

Ce n'était qu'une transformation partielle, comme Luke en vivait régulièrement depuis son arrivée à Trouille-la-Mort. Il ne choisissait pas quelle partie de lui-même devenait loup-garou, et cela se produisait toujours sous l'effet d'une intense colère.

Il lança un regard noir au zombie qui continuait à l'agripper et, d'une patte griffue, il lui lacéra la poitrine, l'envoyant à terre. Immédiatement, les zombies les plus proches réagirent. Ils s'avancèrent vers Luke, les yeux luisants. L'un d'eux bondit…

Et la bataille commença. Luke se défendait adroitement, mais d'autres zombies surgissaient sans cesse… Rhésus finit par troquer sa raquette contre sa torche de feu, et l'affrontement se poursuivit, rythmé par la musique tonitruante.

Effrayées par les flammes, les créatures reculèrent. Cléo et Tété se réfugièrent près de Rhésus… Et un cercle de zombies ivres de rage se forma autour d'eux. Pendant ce temps, Veine continuait à chanter :

– *Je croque ta chair,*

Je ronge tes os et…

Soudain, un cri strident s'éleva, amplifié par les enceintes. Tous les regards se braquèrent vers la scène… où un spectacle stupéfiant se déroulait : une brume verdâtre enveloppait peu à peu les pieds, les jambes, le torse, la tête de Veine… Et *pschitt* ! La star disparut.

Quelques instants plus tard, la chanteuse Jazza fut à son tour avalée par un gaz vert… Sa guitare se fracassa sur la scène. Le bassiste connut le même sort, ainsi que Porridge qui gargouilla un hurlement avant de finir en fumée.

Il ne restait plus que Twonk, qui cessa de jouer dès que les émanations gazeuses lui effleurèrent les chevilles. Il se leva d'un bond, sauta de l'estrade pour s'échapper… Mais le nuage vert le rattrapa et l'engloutit. Alors, sous le regard médusé du public, lord Otto surgit à l'endroit où, quelques instants auparavant, se tenaient leurs idoles.

– J'ai deux annonces à vous faire ! rugit-il dans le micro. Premièrement : n'essayez jamais, JAMAIS, de vous moquer de moi ! Deuxièmement : je suis le parolier du dernier tube de Jus de Cervelle !

Barjo Spectrum se matérialisa aussitôt à côté de lui.

– C’est *vous* qui avez écrit les paroles de « Zombies en fête » ?

– Parfaitement. Pas mal pour une première fois, non ? répondit lord Otto avec un sourire satisfait. J’ai eu un peu de mal à trouver une rime pour « rivière », mais j’ai réussi ! Ça vous a plu ?

– Oui… mais où sont les musiciens ?

– Mystère ! À mon avis, la musique était extrêmement… ensorcelante, répondit lord Otto en bombant le torse.

À cet instant, un zombie aux cheveux roux le rejoignit. Il se mit à onduler bizarrement, à changer de silhouette, de visage…

– C’est Dixon ! s’exclama Cléo. C’était lui que le système de sécurité d’Effie a filmé… Il s’est transformé pour cambrioler le Grand Bazar !

– Ça ne m’étonne pas de lui, marmonna Luke, qui était redevenu humain.

Autour d’eux, la foule en colère commença à huer, à siffler et à marteler en chœur :

– Jus de Cervelle ! Jus de Cervelle !

– Silence ! ordonna Barjo Spectrum dans le micro. Dites-nous où est notre groupe ! poursuivit-il en foudroyant lord Otto du regard.

– Loin, très loin… Parti pour un long, long voyage dans le Bas-Monde ! répondit le propriétaire d'une grosse voix qui résonnait dans les enceintes.

Un silence de mort suivit cette révélation. Quelques zombies s'approchèrent de la scène en grognant et en gémissant.

– Bande de monstres, si vous voulez que Jus de Cervelle revienne, amenez-moi ce garçon-loup ! tonitrua lord Otto.

Et d'un doigt autoritaire, il désigna Luke.

6
Le Bas-Monde

Luke n'eut pas le temps de réagir. Deux énormes zombies l'agrippèrent, l'obligèrent à monter sur scène et le poussèrent devant lord Otto. Rhésus, Cléo et Tété étaient tétanisés…

– Qu'est-ce que vous voulez ? demanda Luke d'un ton exaspéré.

– Comme si tu ne le savais pas ! se moqua lord Otto. Un : le grimoire de Skipstone. Deux : les reliques !

Il tira sur son cigare et lui souffla la fumée sur le visage. Luke contempla ses yeux cupides. Il savait que si lord Otto récupérait les pouvoirs transmis par les pères fondateurs, il serait plus maléfique que jamais avec les habitants de Trouille-la-Mort.

– Et si je refuse ? le défia-t-il.

– Je te jette dans la foule… là ! Ces zombies sont très énervés… Ils se vengeront sur toi parce que Deadstock est terminé ! Et une fois qu'ils t'auront écrabouillé, je reprendrai le livre de Skipstone.

Luke jeta un coup d'œil aux morts-vivants qui continuaient à se bousculer près de la scène. L'un d'eux, la nuque déboîtée, des vertèbres sortant de sa peau, sifflait avec colère.

– Votre plan manque de *colonne vertébrale* ! s'exclama Luke.

Rhésus écarquilla les yeux.

– Qu'est-ce qu'il raconte ?

– Votre plan *pointe* vers un échec total ! Je préfère me tordre le *cou* plutôt que de céder à la peur ! poursuivit Luke à tue-tête.

– Il délire ou quoi ? dit Rhésus en regardant Cléo.

Mais la jeune momie avait compris qu'il s'agissait d'un message codé…

– OK ! cria-t-elle à Luke.

– Je préfère rester à *l'avant*, même si je suis bousculé par lord Otto… À *l'avant-scène*, même si je dois tourner le *cou* à gauche…

– À gauche ! Là ! s'exclama Cléo.

Elle fonça vers le zombie siffleur et lui arracha le fragment de colonne vertébrale qui saillait dans son dos. La créature s'écroula par terre…

Puis Cléo lança son fouet d'os sur lord Otto. Celui-ci en avala son cigare de travers, poussa un cri étranglé, suffoqua… et agita frénétiquement les bras pour appeler à l'aide. L'incident attira l'attention des zombies qui retenaient Luke prisonnier… Exactement ce qu'il fallait. D'une habile pirouette, Luke réussit enfin à leur échapper. Il bondit vers le fond de la scène, contourna un mur d'enceintes, et sauta de l'autre côté… Libre.

Quelques secondes plus tard, Cléo, Rhésus et Tété le rejoignirent à fond de train, coursés par une horde de zombies enragés.

– Luke, qu'est-ce qu'on fait? demanda Rhésus sans ralentir l'allure.

– On va visiter le Bas-Monde!

***

Ils distinguaient tout ce qui se passait à travers la grille de l'égout qui donnait sur la Grand-Place. Voilà un quart d'heure qu'ils s'étaient réfugiés dans ce tunnel, juste derrière le manoir de lord Otto... Et heureusement qu'ils se trouvaient à l'abri! Privés de leur concert, les zombies, déchaînés, laissaient exploser leur colère. Errant dans les rues, ils cassaient les vitres, arrachaient les lampadaires et démolissaient les barrières. Terrifiés, les Trouillemortiens se barricadèrent hâtivement chez eux.

– J'espère qu'on ne nous accusera pas d'être responsables de cette pagaille, soupira Rhésus.

– Le fautif, c'est lord Otto! souligna

Cléo. C'est lui qui a écrit cette chanson débile et qui a pulvérisé le groupe !

– Pulvérisé… Gommé, zappé… simplement avec des paroles ? Comment est-ce possible ? demanda Luke.

– Il a dû utiliser les potions magiques que Dixon a volées chez Effie, répondit Rhésus. Peut-être qu'il les a associées à des mots particuliers qui ont déclenché un sortilège quand ils ont été chantés ?

– Probable, oui. Dommage qu'on ne possède pas le même genre de pouvoir pour sortir de cet égout puant, grommela Luke en s'adossant contre le mur humide.

– Ça sent vraiment mauvais, admit Tété.

– Si tu n'es pas content, tu peux partir ! lança Rhésus avec une pointe d'agressivité.

– Ne lui parle pas comme ça ! protesta Cléo. C'est notre ami !

– C'est un zombie. Il est comme *eux* ! riposta Rhésus.

– Et alors ? Depuis quand tu juges les autres sur leur apparence ? Je n'aurais pas cru ça de toi…

– Tu ne vas pas recommencer avec ton «tu n'es pas un vrai vampire» bla-bla-bla...

– Stop! intervint sévèrement Luke. Je vous signale qu'on doit trouver le Bas-Monde, et ramener Jus de Cervelle pour que le concert reprenne!

– C'est de la folie! s'écria Rhésus. Personne ne choisit d'aller délibérément dans le Bas-Monde!

– On n'a pas le choix. Sinon on ne récupérera jamais la relique de Veine.

– Mais tu ne comprends pas? C'est impossible! insista Rhésus. Il n'y a que les zombies qui connaissent le chemin, et encore, je n'en suis même pas sûr! De toute façon, ils sont tous dehors, en train de nous rechercher pour nous faire la peau, alors...

À ce moment-là, Tété se racla la gorge:

– Moi, je suis là... et je sais creuser des tunnels. Donc si vous voulez...

***

Au bout d'un long moment, Rhésus, Cléo, Luke et Tété s'arrêtèrent pour reprendre leur souffle. Rhésus sortit des vers luisants de sa cape pour s'éclairer et jeta un coup d'œil à sa montre.

– Ça fait plus de deux heures qu'on est partis, et on ne sait toujours pas où est ce fichu Bas-Monde !

– Patience, je parie qu'on approche du but, dit Cléo.

Elle ramassa la terre creusée par Tété, et la passa à Luke qui l'utilisa pour reboucher le tunnel derrière eux.

– Ça m'étonnerait ! On a dû avancer de deux ou trois mètres, pas plus, marmonna Rhésus. À cette allure, il nous faudra des semaines !

– Ton optimisme est vraiment encourageant…

– Pas de dispute ! coupa Luke en s'épongeant le front avec sa main souillée de terre. Déjà que c'est dur… Moi, je fais confiance à Tété. Son instinct le guide.

– Son instinct ? répéta Rhésus d'un ton moqueur. Il se contente de creuser vers le bas ! On n'a pas besoin d'un zombie pour ça !

Il tapa rageusement dans la paroi qu'ils longeaient, et la terre s'effrita.

– Arrête ! Tu veux que ça s'écroule et qu'on soit enterrés vivants ? riposta Luke.

– Non… Juste que tu comprennes qu'on n'a qu'à descendre le plus profondément possible ! s'énerva Rhésus en donnant un coup de pied dans le sol.

Une faille béante s'ouvrit soudain… et avant d'avoir pu crier à l'aide, il fut aspiré dans un trou. Luke bondit et lui agrippa le bras.

– … me lâche pas ! hurla Rhésus, paniqué.

Sa voix résonnait dans le vide. Il jeta un coup d'œil en dessous de lui et aperçut…

Un autre monde.

Un univers auréolé d'un ciel rougeoyant et d'un tourbillon de nuages pourpres.

– Le Bas-Monde… Il est là ! balbutia-t-il une fois que Luke l'eut ramené dans le tunnel.

– Tu crois ? Je ne vois que du brouillard, dit Cléo en risquant un œil.

– Il est là, dans les grandes profondeurs !

– Pourtant, tu disais qu'on n'avait parcouru que quelques mètres, objecta Luke.

– Je n'y comprends rien, mais c'est sûr : on n'est plus dans les souterrains de Trouille-la-Mort !

À ce moment-là, la voix de Samuel Skipstone s'éleva, un peu étouffée, car le grimoire se trouvait au fond de la poche du jean de Luke :

– Mes amis, je peux vous renseigner...

Luke sortit aussitôt le livre, et tous quatre écoutèrent le vieux savant avec attention.

– Apparemment, vous vous trouvez au niveau d'une des trappes-éclair créées par les équipes du R.Ê.V.E., déclara Skipstone. Ces ouvertures sont utilisées par les Déménageurs quand ils doivent installer des familles le plus vite possible, parfois très loin de l'endroit où elles vivent avant d'être déplacées. Grâce à ces trappes, ils migrent facilement d'une base du R.Ê.V.E. à une autre. Ce sont celles qu'ont empruntées les zombies pour se rendre à Deadstock... D'ailleurs, tout à l'heure, le chanteur Veine a précisé qu'ils étaient passés par une trappe-éclair pour venir à Trouille-la-Mort.

– On aurait donc été transportés ici par magie, comme Jus de Cervelle ? demanda Cléo.

– Pas tout à fait. En réalité, vous êtes tombés par hasard sur un raccourci magique, répondit Skipstone. Mais le résultat est le même !

– Non, le résultat est qu'on est tout en haut du Bas-Monde, au-dessus des nuages ! lança Rhésus. Comment on va faire pour descendre ? La chute libre, ce n'est pas trop mon truc…

– Tu n'as pas de corde dans ta cape ? s'enquit Luke.

– Si, mais elle ne sera jamais assez longue…

Cléo commença à dérouler les bandelettes qui lui entouraient la taille.

– Problème… réglé ! Ah là là, qu'est-ce que vous feriez sans moi !

7
La licorne

Agrippé à la corde fabriquée avec les bandelettes de Cléo nouées les unes aux autres, Luke s'efforça de ne pas regarder en bas. Quel gouffre terrifiant ! Au-dessus de lui, le ciel rougeoyant, constellé de nuages pourpres tourbillonnants, ne le rassurait pas davantage. Il poursuivit sa descente le plus rapidement possible…

– J'y suis presque ! cria-t-il à Rhésus qui, en haut, masqué par le brouillard près du cratère, lâchait peu à peu du mou.

Luke toucha enfin terre et poussa un soupir de soulagement.

– Où est Cléo ? demanda-t-il à Tété.

– Ici ! répondit Cléo, réfugiée en haut d'un arbre mort. J'attends d'avoir récupéré mes bandelettes...

Au même instant, Rhésus atterrit à son tour, les lui lança et la momie entreprit de se rhabiller.

En silence, les quatre amis regardèrent autour d'eux. Ils se trouvaient au milieu d'un désert de sable noir, qui s'étendait sur des kilomètres à la ronde sous une voûte céleste couleur sang. L'air crépitait, chargé d'électricité, comme si une tempête se préparait.

– Cool ! ironisa Rhésus.

– Tu n'étais pas obligé de nous accompagner, lui rappela Luke.

– Peut-être, mais, sans moi, tu serais encore coincé dans les nuages.

– Et sans Cléo, on ne serait même pas descendus, intervint Tété.

– Tais-toi ! ordonna Rhésus. Et d'abord, pourquoi tu es encore là, toi ?

– Parce que je l'ai invité ! répondit Cléo en les rejoignant. Tété est un ami, tu n'as toujours pas compris ?

– Ce n'est pas parce qu'il est *ton* ami qu'il est le nôtre, marmonna Luke.

– C'est vrai, tu nous l'as imposé, renchérit Rhésus.

– Carrément ! s'exclama Cléo, indignée. Si vous me cherchez, vous allez me….

– Arrêtez ! cria Rhésus. Pourquoi on se dispute comme ça ? C'est nul ! Ça ne nous ressemble pas !

– Depuis quand tu décides, toi ? répliqua Luke d'un ton exaspéré.

– Je vous dis que le Bas-Monde est dangereux pour nous ! insista Rhésus. Ici, il y a un paquet d'ondes négatives qui nous cassent le moral… Ne tombons pas dans le piège !

– Rien que ce sable horrible est un piège, grommela Cléo, en essayant d'enlever les grains qui s'étaient incrustés sous ses bandelettes.

Elle esquissa quelques pas pour se

secouer, et trébucha sur quelque chose qui était enterré dans le sol.

– Aïe ! lança une voix masculine.

– Mais…

Cléo se pencha, abasourdie :

– C'est Twonk !

Rhésus et Luke la rejoignirent d'un bond, s'agenouillèrent et grattèrent le sable autour du batteur zombie de Jus de Cervelle.

– Qu'est-ce que je fiche ici ? grommela Twonk. Je jouais sur scène, et tout à coup, je suis tombé dans des mixages mauves…

– Des *nuages* mauves, vous voulez dire ? rectifia Luke.

– Ah oui, oui, oui…

– On va vous tirer de là… Vos bras sont solides ? demanda Rhésus tout en continuant à désensabler Twonk.

– Ce sont mes vrais bras ! Je ne les ai encore jamais perdus.

– Pourvu qu'ils tiennent encore aujourd'hui ! Un, deux, trois ! compta Rhésus.

Luke et lui soulevèrent Twonk, qui

se redressa lentement, vacilla quelques secondes et parvint à retrouver son équilibre.

– Merci ! s'exclama-t-il. Sans vous, j'aurais pu rester coincé ici pendant une étendue !

– Une *éternité*, corrigea Luke.

– Ah oui, oui, oui…

***

– … Et le plus marrant, c'est que j'avais déjà perdu mes socquettes ! pouffa Twonk, qui venait de raconter sa vingt-cinquième anecdote qui ne faisait rire personne.

– Vos *baguettes* ! marmonna Luke.

– Ah oui, oui, oui !

– J'ai mal aux pieds, gémit Tété.

– Et moi, aux oreilles, grommela Rhésus. Il n'a pas repris son souffle une seule minute…

En effet, ils marchaient depuis des heures dans ce désert de sable sombre où se dressait, çà et là, un arbre mort, et Twonk n'avait pas cessé de raconter n'importe quoi.

– À propos de souffle, il y a un truc bizarre…, commença Twonk.

– On sera obligés de passer la nuit ici, coupa Luke.

– Ça, ce n'était pas prévu ! Mes parents m'attendent à la maison ! protesta Rhésus.

– On ne peut pas remonter pour l'instant. En plus, à la surface, il y a une émeute de zombies, tu te rappelles ? Alors avance et boucle-la !

– Hé, tu as vu sur quel ton tu me parles ? riposta Rhésus. Ça y est, on se laisse contaminer par l'énergie négative…

– Ne recommence pas à nous bassiner avec tes histoires d'énergie négative !

– Vous savez, il y a un truc bizarre…, répéta Twonk.

– TAIS-TOI ! hurlèrent Luke et Rhésus en même temps.

– De toute façon, il faut qu'on continue… On doit absolument retrouver les autres musiciens de Jus de Cervelle, dit Cléo.

– Et comment ? Toi, la momie de génie, tu as peut-être une idée ? se moqua Rhésus.

– Ben oui, qu'est-ce que tu crois ? riposta Cléo en lui tirant la langue.

Et elle fonça vers un espace entre deux arbustes où une licorne argentée venait de surgir. Sa longue corne torsadée étincelait sous le ciel rougeoyant.

– Ne la touche surtout pas ! cria Rhésus. Toutes les créatures du Bas-Monde sont malfaisantes !

Mais Cléo chevauchait déjà la licorne d'argent...

– Je ne te crois pas ! s'exclama-t-elle en caressant sa crinière étincelante. Tu vois le mal partout... Une telle merveille ne peut pas être maléfique !

– Je t'aurai mise en garde ! dit Rhésus.

– Cléo, attention, on ne sait jamais ! lança Luke.

– Bande de froussards ! s'écria Cléo en caressant doucement le nez de la licorne.

L'animal souffla un jet d'air brillant.

– Vous voyez ? C'est facile, non ?

– Comme toujours, elle n'en fait qu'à sa tête, marmonna Luke.

– Fais gaffe, quand même ! Elle a une arme ! cria Rhésus à la jeune momie.

– Ça, tu veux dire ?

Cléo se pencha et effleura la corne pointue de sa monture.

– C'est juste pour faire joli, pas vrai, ma beauté ?

Soudain, la licorne dilata ses narines et projeta un souffle noir comme de l'encre. Ses yeux argentés devinrent tout rouges et, avec un hennissement assourdissant, elle projeta violemment sa cavalière en l'air. Au moment où Cléo retomba, elle se redressa sur ses pattes arrière et la crocheta au bout de sa corne. Empalée, Cléo hurla de douleur… Et la licorne partit au triple galop.

Rhésus, Luke, Tété et Twonk se lancèrent à leur poursuite, mais ils furent vite distancés…

– Elle a le ventre transpercé ! Elle va mourir ! cria Tété.

– Toutes ses tripes sont conservées dans un frigo avec ses autres organes, expliqua Rhésus. Cléo aura mal, mais elle survivra… Si on la rattrape !

Sans ralentir l'allure, il sortit une corde de sa cape et, après avoir formé un nœud coulissant, il la lança de toutes ses forces vers la tête de la licorne. Malheureusement, le lasso glissa sur le flanc, puis sur la croupe de la créature.

– C'est fichu…

– Pas encore ! cria Tété en attrapant l'extrémité de la corde.

D'un coup sec, il se débrouilla pour que la partie coulissante emprisonne la queue de la licorne qui s'immobilisa quelques secondes à peine. Elle reprit vite sa course en tirant Tété sur le sable. La corde lui brûla les paumes, mais, au lieu de la lâcher, il l'enroula autour de ses poignets afin d'avoir une meilleure prise. Rhésus, Luke et Twonk bondirent pour lui attraper les chevilles… Ainsi alourdie et freinée par leurs poids, la licorne finit par s'arrêter. Elle secoua furieusement la tête, libérant Cléo qui valsa par terre, et s'enfuit au galop dès que les garçons eurent lâché la corde. Ils se ruèrent auprès de leur amie.

– J’ai cru que j’allais mourir ! gémit Cléo.

– Normal, tu étais imposée sur sa corne ! observa Twonk.

– *Empalée* ! rectifia sèchement Luke.

– Ah oui, oui, oui…

– Je t’avais bien dit de t’éloigner de cette bête ! s’exclama Rhésus en étreignant Cléo. On a eu chaud…

– De toute façon, tu étais là pour me sauver la vie, pas vrai ? répondit Cléo avec un sourire malicieux.

– Cette fois, c’est Tété que tu dois remercier, précisa Luke. Il a été hyper courageux !

– Génial, oui, confirma Rhésus en tapotant affectueusement l’épaule du zombie qui affichait maintenant une mine radieuse.

– Bon, puisqu’on est tous sains et saufs, organisons-nous pour passer la nuit ici, reprit Luke.

– Il nous manque juste de quoi allumer un feu… Tété et Twonk, vous iriez chercher ce qu’il faut ? demanda Rhésus.

– C’est comme si c’était fait, répondit Tété. Twonk, tu viens ?

Et les deux zombies partirent ramasser du petit bois.

– Au moins, on sera tranquilles pendant une minute ! commenta Rhésus.

Mais, au même instant, un cri d'horreur retentit…

8
Les pixies

C'était Jazza, la guitariste, qui courait dans tous les sens en se donnant de petites tapes… Luke comprit son malheur lorsqu'elle se rua vers eux : un essaim de bestioles brillantes voltigeait autour d'elle.

– Quoi, des guêpes ici ?

– Non, des pixies ! répondit Rhésus en rabattant sa cape sur sa tête.

– Mais ce sont d'adorables petites… Aïe ! s'écria Luke quand l'une d'elles lui mordit l'oreille pour aspirer son sang.

– On dirait des piranhas volants ! cria Rhésus, protégé par sa houppelande. Elles s'en prennent à tout ce qui bouge !

Luke poussa un cri quand une autre pixie lui piqua le nez. À côté de lui, attaquée de toutes parts, Jazza venait de s'écrouler par terre.

– Il faut qu'on se débrouille pour les faire entrer là-dedans ! décida Rhésus en brandissant un sac en toile.

– Et comment on les attrape ?

Rhésus sortit la raquette de tennis qu'il avait déjà utilisée.

– Je fais le service, et toi, tu marques !

D'un coup vigoureux, il catapulta une pixie vers Luke qui ouvrit aussitôt le sac. La bestiole plongea à l'intérieur en émettant un cri strident.

– Quinze-zéro ! s'esclaffa Luke en resserrant l'ouverture pour garder sa proie captive.

Pendant une vingtaine de minutes, Rhésus et Luke poursuivirent ainsi jusqu'à ce qu'ils aient emprisonné toutes les pixies.

– Jeu, set et match ! déclara Rhésus d'un ton triomphant.

Luke leva le pouce en signe de victoire.

***

– … Et le plus drôle, c'est qu'on aurait dû danser le bobo ! conclut Twonk.

– Le *tango* ! hurlèrent Luke, Rhésus, Cléo, Tété et Jazza en chœur.

– Ah oui, oui, oui…

– Il est toujours comme ça ? demanda Rhésus à la guitariste.

Jazza attrapa ses oreilles, les enleva et les remit en place.

– Tu sais pourquoi elles sont amovibles ? Parce que je me retrouve trop souvent à côté de lui quand on part en tournée ! Je ne te raconte pas le voyage en minibus…

– J'imagine…, pouffa Luke en jetant un peu plus de bois dans le feu.

Twonk et Tété en avaient ramassé assez pour allumer une belle flambée. À présent, l'atmosphère était d'un rouge grenat tellement sombre que le Bas-Monde semblait plus inhospitalier que jamais.

– Et Veine, tu le connais depuis longtemps ?

– Non. Quand le groupe s'est formé, on avait une chanteuse, mais elle a fini brisée, confia Jazza.

– Moralement brisée, tu veux dire ? Elle n'a pas supporté la célébrité ? s'enquit Cléo.

– Non, elle s'est littéralement cassée pendant un concert. Il y avait des morceaux partout ! D'ailleurs, c'est sa colonne vertébrale que j'ai transformée en guitare. Par la suite, Veine nous a rejoints pour la remplacer, poursuivit Jazza. Le problème, c'est qu'il s'est vite pris pour une superstar : il a commencé à nous donner des ordres, et on a été relégués au second plan. La vedette de Jus de Cervelle, c'est lui !

– Dommage, soupira Twonk.

– Mais à quoi bon parler de tout ça ? ajouta Jazza d'un ton triste. Jus de Cervelle n'existe plus… On ne jouera plus jamais ensemble !

– On vous sortira d'ici, et vous pourrez reprendre le concert, répliqua Luke. Il le faut, ajouta-t-il à mi-voix, presque pour lui-même.

Un lourd silence suivit ses paroles. Puis, alors qu'ils contemplaient le feu de camp, Jazza commença à fredonner :

– *Je mordrai ta tristesse et avalerai ton amertume…*

– Répète un peu ces paroles ! l'interrompit Rhésus. Elles sont bien dans la chanson « Zombies en fête » que lord Otto a écrite ?

Jazza acquiesça et prit une profonde inspiration :

– *Je mordrai ta tristesse et avalerai ton amertume,*
Je mâcherai tes reins pendant quelque temps…

– Bingo ! s'exclama Rhésus d'un ton triomphant.

Un nuage de fumée verte se forma alors lentement autour des seize doigts de la guitariste…

***

Auréolé par les lueurs du feu de camp, Twonk s'installa devant un ensemble de casseroles et de poêles que Rhésus avait dénichées dans sa cape, et empoigna deux morceaux de bois ramassés par terre. À côté de lui, Jazza joua un air doux en utilisant la raquette de Rhésus transformée en guitare.

– Tu crois vraiment que ça va marcher ? demanda-t-elle.

– Quand tu as prononcé les paroles de « Zombies en fête », ça a fait apparaître cette fumée verte ! insista Rhésus. Si tu chantes, ça inversera peut-être le sortilège et on sera renvoyés à Trouille-la-Mort !

– Ou projetés dans les grandes profondeurs du Bas-Monde, fit remarquer Luke.

Rhésus fronça les sourcils.

– Moi, je préfère être optimiste.

– Et moi, je n'aime pas jouer de la batterie sur des utilitaires de cuisine, grommela Twonk.

– Des *ustensiles*, rectifia Rhésus, irrité. Désolé, si tu veux partir d'ici, tu n'as pas le choix.

Puis, debout devant les deux musiciens, il leva la main comme un chef d'orchestre :

– Prêts ? Un, deux, trois, quatre !

Accompagné par Jazza, Twonk entama un rythme… mais rien ne se produisit.

– C'est parce que vous ne chantez pas ! lança Rhésus sur un ton de reproche.

– Je ne connais pas toutes les paroles ! répliqua Jazza.

– Moi non plus, renchérit Twonk.

– Je m'en souviens, intervint alors Tété.

– Tu te souviens de quoi ?

– De la chanson entière.

– Sérieusement ? Pourtant, tu ne l'as entendue qu'une fois, fit remarquer Cléo.

– Peut-être, mais je m'en souviens, répéta Tété.

Twonk et Jazza recommencèrent à jouer, et la voix claire de Tété s'éleva en même temps :

– *T'ouvrir la poitrine et prendre ton cœur,*
Être arraché d'ici, ce serait mon malheur !…

Des fumerolles vertes s'enroulèrent autour de Jazza et de Twonk…

– Je laisserai couler ton sang comme une rivière,
De ton foie, tu l'épongeras... comme une serpillière !

La brume émeraude s'épaissit de plus en plus... Puis brusquement, la raquette de tennis tomba par terre, et les musiciens disparurent.

– Ça a marché ! cria Luke. Bravo, Tété !

– Où est-ce que tu as appris à chanter comme ça ? s'étonna Cléo.

Tété haussa les épaules.

– Peut-être que c'était ma passion quand j'étais vivant ?

– Mais toi, pourquoi tu n'es pas parti avec Jazza et Twonk ?

– Je ne sais pas, avoua Tété. Le sortilège ne fonctionne sûrement que sur ceux qui ont été visés à l'origine ?

– Bizarre, bizarre, marmonna Rhésus.

Il ramassa ce qu'il prit pour une bûche, et il s'apprêtait à la jeter dans le feu quand Cléo s'écria :

– Ne fais pas ça ! C'est une jambe !

***

Une aube rougeoyante nimbait l'air lorsque Luke découvrit le crâne chevelu de Porridge. À sa grande surprise, le zombie écarquilla les yeux.

– Salut, mon gars ! Curieux, mais je me sens à ramasser à la petite cuillère…

– Normal, tu t'es fracassé dans le Bas-Monde, tu es en pièces ! dit Luke en posant la tête à côté des autres parties du corps qu'ils avaient retrouvées.

– Puisqu'on a tous les morceaux, il n'y a plus qu'à les recoudre, déclara Rhésus en sortant du fil et une aiguille de sa cape.

Il examina les différents ossements et fronça les sourcils :

– Sauf que… par où on commence ?

– On le saurait si on avait écouté les cours du Dr Crânion ! répondit Cléo en essayant vainement d'emboîter les côtes du zombie dans sa colonne vertébrale.

Les os de Porridge retombèrent par terre, et elle poussa un soupir découragé.

– On va procéder par étapes, déclara Luke. Tété, reste à côté de nous, tu nous serviras de modèle. Donc la tête va au-dessus des épaules, au moins c'est sûr…

– N'oublie pas le cou, dit Rhésus en lui tendant un cylindre de chair pourrie.

Luke le prit précautionneusement, le positionna et entreprit de rafistoler la chair du zombie.

– Aïe… aïe ! gémit Porridge.

Horrifié de lui avoir fait aussi mal, Luke en tomba à la renverse… Mais lorsqu'il se redressa, il s'aperçut que le bassiste de Jus de Cervelle était plié de rire.

– Désolé, mon petit gars, je n'ai pas pu résister ! s'esclaffa Porridge. Tu ne m'en veux pas, au moins ?

9
Une drôle de fée

Luke continua à coudre, mais à chaque suture, il réprimait un haut-le-cœur : du pus suintait des pores de la peau à moitié pourrie de Porridge... De leur côté, Rhésus et Cléo contemplaient attentivement Tété avant de lui donner les différentes parties du corps à rassembler. C'était comme reconstituer un puzzle !

Quand, enfin, le travail fut terminé, Porridge se redressa, tout sourire :

– Et voilà, je suis tout beau tout neuf !

– Sauf qu'il y a un truc qui ne colle pas, marmonna Luke, les sourcils froncés.

– Évidemment, tu as confondu ses bras et ses jambes ! s'exclama Cléo. Comment tu as pu faire une erreur pareille ?

– Pourtant, j'ai suivi vos instructions ! se défendit Luke.

Porridge jeta un coup d'œil à sa silhouette : ses bras étaient cousus en bas du torse, et ses pieds attachés à ses poignets. Ses longues jambes pendaient des épaules, et ses doigts remplaçaient ses orteils.

– On n'a plus qu'à tout recommencer, soupira Rhésus.

– Surtout pas ! Je m'aime bien comme ça, affirma Porridge.

– Mais tu ressembles à un orang-outan ! protesta Luke. Tes mains traînent par terre !

– Et alors ? Ce sera trop cool de jouer de la basse comme ça. Merci !

– Après tout, si tu es content, c'est l'essentiel... On n'a plus qu'à te renvoyer à Trouille-la-Mort, ajouta Rhésus.

– Mais il nous manque une guitare basse, dit Luke.

Cléo déroula une des bandelettes de ses jambes.

– On pourrait peut-être s'en servir comme instrument de musique ? Si tu l'étires bien, tendue de haut en bas…

– Ça ressemblerait à une contrebasse, pas à une basse. Je ne suis pas contrebassiste, précisa Porridge.

– C'est sûr, murmura Cléo en remettant son bandage en place.

– Mais tu m'as donné une idée, reprit le zombie en souriant. On n'a qu'à modifier un peu ton plan…

***

– Ça ne me plaît pas, grommela Cléo.

Rhésus se mordit la lèvre pour réprimer un fou rire.

– Tiens bon, Cléo. Tu es géniale… Hein, Luke ?

– Pas de commentaire, répondit Luke qui avait également du mal à garder son sérieux.

Accrochée en travers de Porridge grâce à un système de bandelettes fixées autour du buste du zombie, et tendues comme des cordes de guitare, Cléo était devenue un instrument vivant.

– On n'a besoin de toi seulement quelques minutes, lui assura Tété. Tu nous aides beaucoup !

– Je suis prêt, annonça Porridge en se déliant les doigts.

Tété ferma les yeux et commença à chanter :

– *T'ouvrir la poitrine et prendre ton cœur…*

Porridge accompagna les paroles d'un léger rythme et, quelques secondes plus tard, une fumée verte s'enroula et s'éleva autour de ses pieds. Porridge disparut dans les airs tandis que Cléo s'affalait par terre.

Rhésus, Luke et Tété partirent d'un grand éclat de rire.

– Parce que vous trouvez ça marrant ? pesta Cléo.

– Pas du tout ! hoqueta Luke.

– Alors pourquoi tu rigoles ?

– Parce que c'est TRÈS drôle ! tonitrua une voix féminine.

Tout à coup, une grosse femme en justaucorps et tutu blanc cassé sauta d'un arbre et se jeta sur Luke. Elle le fit tomber et, d'une ceinture à outils serrée sur sa taille, extirpa un marteau qu'elle brandit devant la bouche du garçon.

– Ouvre bien grand, ouvre…

– C'est la fée Denta ! s'écria Rhésus. Attention !

Luke détourna la tête, et le marteau s'enfonça dans le sable. La fée s'efforça rageusement de le déterrer et, n'y parvenant pas, elle s'arma d'une pince.

– Allez, fais risette, mon petit, que je récupère tes jolies perles blanches !

Mais Rhésus s'élança de toutes ses forces sur elle, et Tété lui écrasa le poignet, l'obligeant à lâcher l'outil que Cléo projeta le plus loin possible.

– Aaaaargh ! Vous avez tout gâché ! gémit Denta. Je veux juste leur prouver qu'ils se sont trompés !

– À propos de quoi ? demanda Luke en s'éloignant prudemment de la harpie.

– Ils m'ont accusée de négliger mon devoir ! Tout ça parce que des gamins n'ont pas trouvé de pièce de monnaie sous leur oreiller... Et que leur fichue dent était toujours là ! Mais je vais leur montrer de quoi je suis capable !

Elle ramassa un caillou et le lança sur Luke, le heurtant à l'épaule.

– Vous êtes complètement dingue ! hurla-t-il.

– C'est ce qu'ils m'ont dit quand j'ai réclamé une seconde chance, répondit-elle en dodelinant de la tête. Ils m'ont envoyée ici, et ils ont prévu de me remplacer ! Mais je ne me laisserai pas faire ! J'ai seulement besoin de quelques dents...

Elle se rua de nouveau sur Luke et le plaqua au sol. Les yeux luisants de rage, elle essayait de lui ouvrir la bouche de force lorsque Rhésus et Tété se précipitèrent pour libérer leur ami. Mais à ce moment-là, Luke poussa un gémissement de douleur.

Un élancement lui vrilla le crâne, ses yeux se gonflèrent et se recouvrirent d'une fine membrane jaune. Son visage s'allongea en avant, prit la forme d'une gueule de loup… Et des crocs acérés jaillirent de ses gencives. Alors que d'épais poils bruns poussaient sur son corps, il se redressa de toute sa taille et hurla à la mort sous le ciel rougeoyant.

– Pourquoi il est plus grand que d'habitude ? s'inquiéta Cléo.

– Les ondes maléfiques du Bas-Monde l'ont transformé en vrai monstre, murmura Rhésus.

Il jeta un coup d'œil à Denta, qui contemplait Luke avec effroi.

– Il va la déchiqueter en mille morceaux…

– Elle n'avait qu'à pas l'attaquer, rétorqua Cléo.

– Sauf qu'elle n'a pas toute sa tête… Luke si !

– Euh… là, il est vraiment impressionnant !

Rhésus s'avança courageusement vers son ami :

– Luke, je sais que tu peux m'entendre… Laisse-la s'en aller !

Mais avec un rugissement furieux, la bête l'éloigna d'un puissant coup de patte avant de bondir sur Denta, mâchoires grandes ouvertes. Il lui arracha sa ceinture à outils, la lança au loin puis, la gueule dégoulinante de salive, il grogna sourdement. Sa victime sanglotait, terrifiée.

– Pa… pa… ardon ! balbutia-t-elle. Je voulais juste te prendre quelques petites dents de rien du tout…

D'un bond, Tété en profita pour ceinturer Luke de toutes ses forces, l'empêchant de bouger davantage.

– Débrouille-toi pour qu'elle parte ! cria-t-il à Rhésus.

– OK… Prends ça et décampe ! ordonna Rhésus en donnant ses faux crocs à Denta.

– Pas ça ! protesta Cléo. Tu en as besoin !

– Non, j'en ai assez de faire semblant d'être un vampire ! Ouste, va-t'en ! ajouta-t-il à l'intention de Denta.

Elle déploya ses ailes et, sans se retourner, s'envola au-dessus des arbres.

– Au moins, elle est sauvée… Mais nous, on a un sérieux problème, ajouta Rhésus en lançant un regard méfiant à l'immense loup-garou.

– Luke ne nous fera jamais de mal, répondit Cléo.

Au même instant, la bête furieuse fonça sur Tété et lui mordit sauvagement le bras. Le jeune zombie cria de douleur…

– Pourquoi tu as fait ça ? s'écria Cléo, les yeux pleins de larmes. Luke, c'est nous ! On est tes amis !

Il s'avança vers elle, menaçant…

– Luke ! hurla Cléo, épouvantée.

– Inutile, il n'est plus lui-même, la prévint Rhésus en lui prenant la main. On est fichus !

– Mais non ! Ça ne peut pas finir comme ça ! sanglota-t-elle.

La créature se rapprochait avec un grognement sauvage quand un objet lui frappa la poitrine de plein fouet…

Luke s'écroula alors sans connaissance. Stupéfaits, Rhésus, Tété et Cléo mirent quelques secondes avant de s'apercevoir qu'un zombie se tenait juste à côté du loup-garou. Dans sa main, il tenait la pince de la fée Denta…

Ce zombie n'était autre que Veine, le chanteur de Jus de Cervelle !

10
Le retour

Luke reprit peu à peu conscience. En se rendant compte qu'il était ligoté au tronc d'un arbre, il voulut se dégager, mais il était solidement ficelé avec des bandelettes empruntées à Cléo.

– Comment tu te sens ? demanda Rhésus en s'approchant de lui.

– De nouveau humain. Détache-moi vite.

– Pas question ! s'exclama Veine. Il va nous déchiqueter !

Luke l'observa avec stupeur.

– Veine ? Qu'est-ce que tu fabriques ici ? Et pourquoi tu dis ça ?

– Tu as mordu Tété, expliqua Cléo.

Luke pâlit.

– J'ai fait ça ? Oh non… Comment il va ?

– Bien, répondit Tété en se rapprochant. Mais j'ai eu chaud !

Il avait le bras maintenu en écharpe grâce à une autre des bandelettes de Cléo.

– C'est atroce. Je n'avais encore jamais attaqué mes amis, murmura Luke.

– On est dans le Bas-Monde, ça change tout, rappela Rhésus.

– Donc tu comprends pourquoi je ne veux pas qu'on le relâche, insista Veine.

– Mais j'ai confiance en Luke, objecta Rhésus.

– Tu es sûr ?

– Certain.

– OK, comme tu veux, marmonna Veine.

Rhésus libéra aussitôt son ami.

– Parle-lui, Luke… Il faut qu'il sache qui tu es ! J'ai hâte qu'il nous fiche la paix, ajouta-t-il à mi-voix. Il se prend pour le boss.

– Pas de problème.

Luke s'avança calmement vers le zombie, et lui tendit une main amicale :

– Je suis Luke, et je ne me transforme que lorsque je suis très en colère... Ce qui n'est plus le cas. Maintenant, ça va.

Veine l'observa d'un air méfiant, puis il hocha la tête.

– OK, je te crois. Mais est-ce que tu peux m'expliquer pourquoi tu nous as suivis jusqu'ici ?

– J'ai besoin de votre relique, puisque vous êtes un des pères fondateurs de Trouille-la-Mort, déclara Luke.

– Tu veux ma langue ?

– Eh bien, je dois ramener mes parents et... Quoi ? reprit Luke, abasourdi. La relique, c'est votre *langue* ? Celle que vous avez dans la bouche ?

– Je n'en ai pas d'autre ! s'esclaffa Veine.

Luke prit une profonde inspiration.

– Alors il me la faut pour trouver le

passage qui permet de quitter Trouille-la-Mort.

– Impossible, riposta Veine d'un ton sec. Je suis le chanteur du plus grand groupe de zomb'rock au monde ! Sans langue, je peux dire adieu à ma carrière.

– Pourtant, vous savez que c'est une relique qui doit aider ceux qui en ont besoin, non ? Si vous changez d'avis, ce serait... égoïste !

– Peut-être, mais c'est comme ça, répliqua sèchement Veine. Avant d'intégrer Jus de Cervelle, je n'étais personne, et je n'attendais rien de ma mort. Je refuse de faire machine arrière !

Sur ces mots, il s'éloigna.

– Tout est perdu, murmura Luke, complètement désespéré.

– Ne dis pas ça ! Si ça se trouve, tu as juste besoin des reliques que les fondateurs veulent bien donner, répondit Rhésus.

Luke sortit le grimoire de Skipstone de sa poche et interrogea le vieux savant du regard.

– Hélas, non… Vous devez bel et bien réunir les six reliques, sinon vous n'aurez pas accès au pouvoir des pères fondateurs, souligna Skipstone.

– Vous pourriez convaincre Veine ? suggéra Cléo.

– Inutile. Il faut que le don soit effectué librement. Je suis désolé.

En soupirant, Luke rangea le livre.

– Rentrons.

– Bonne idée, mais encore faudrait-il retrouver la trappe-éclair qui nous a envoyés ici, marmonna Rhésus d'un air soucieux.

– Tu ne la connais pas ? s'inquiéta Cléo.

– On a trouvé l'accès par hasard, tu te souviens ? Et ensuite, tout s'est passé si vite ! Mais j'ai une idée…

***

– Salut, le Bas-Monde ! clama Veine en utilisant un bout de bois en guise de micro.

Cléo joua sur une bandelette tendue entre ses hanches et son poignet, comme s'il s'agissait d'une guitare basse, Rhésus martela des casseroles avec un bâton, et Luke gratta une raquette de tennis.

– Ça ne marchera jamais, marmonna Cléo.

– Pourquoi ? L'esprit du sortilège ne devrait pas se rendre compte qu'on n'est pas un vrai groupe, rétorqua Rhésus.

– Et qu'est-ce qui se passera si la fumée verte apparaît ? s'inquiéta Luke.

– On va vite le savoir, répondit Rhésus alors que Tété, prêt à chanter, rejoignait Veine.

Mais Veine se tourna vers eux.

– Il y a un problème : vous ne ressemblez pas du tout à des musiciens ! Laissez-moi faire…

Il arracha un des tatouages de son bras et le plaqua sur l'épaule de Cléo. Le morceau de chair visqueux resta en place…

– Génial ! grommela-t-elle, incapable de masquer son dégoût.

– Quant à toi, tu as les yeux beaucoup trop vifs, ajouta Veine en observant Tété.

Tu sais que les miens sont injectés d'encre noire tous les quinze jours ?

– J'ai une solution ! clama Rhésus en voyant Tété blêmir. Des lunettes de soleil, ça fera l'affaire, non ?

Et il en lança une paire à Tété.

– OK, ça peut aller. Maintenant, il nous manque un public, déclara Veine. Sans ambiance, on n'arrivera à rien…

Rhésus, Luke et Cléo scrutèrent la vaste plaine désertique, puis ils échangèrent un rapide regard et acquiescèrent, partageant la même idée.

– Qui ne tente rien n'a rien ! résuma Luke.

Ils cherchèrent d'abord la fée Denta, ce qui leur prit une bonne heure. Et quand ils lui demandèrent son aide, ils mirent encore du temps à la convaincre que Luke était redevenu inoffensif. Enfin tranquillisée, Denta s'envola et alla chercher la licorne, deux gargouilles et une bonne dizaine de créatures qui ressemblaient à des singes aux cheveux verts et hirsutes.

– Voilà, on a nos fans, déclara Rhésus.

– Impec' ! répondit Veine en reprenant son pseudomicro. Salut, le Bas-Monde ! En forme ?

Des applaudissements s'élevèrent.

– Super ! Alors on commence avec notre méga tube : « Zombies en fête » !

Rhésus tapa un rythme sur ses casseroles, Luke gratta sa raquette de tennis, et Cléo joua sur sa bandelette.

– *T'ouvrir la poitrine et prendre ton cœur,*
Être arraché d'ici, ce serait mon malheur !…, entonna Veine.

Tété chanta avec lui et, tous ensemble, ils produisirent un boucan tellement épouvantable que les créatures s'enfuirent, horrifiées.

– Ça ne marchera pas ! s'écria Luke. Ça crève les yeux qu'on n'est pas de vrais…

Mais, à ce moment-là, un épais nuage vert s'éleva à ses pieds et l'enveloppa peu à peu… Ses amis, ainsi que Veine, furent bientôt auréolés de fumée verte. Puis il y eut un puissant flash de lumière, et Luke fut propulsé dans un tourbillon émeraude. Sa cape voltigeant dans tous les sens, Rhésus le suivit en poussant des cris de joie, ainsi que Cléo, Veine et Tété, qui riaient aux éclats.

– C'est géaaaaaaaaant ! rugit joyeusement le chanteur. Attention à l'atterrissage, ça va secouer !

Un nouvel éclat lumineux jaillit autour d'eux, et Luke plongea d'un coup... sur la scène de la Grand-Place de Trouille-la-Mort, auprès d'une Jazza en plein solo de guitare. Luke éprouva une sensation bizarre, comme si quelques minutes à peine venaient de s'écouler. Pourtant, ses amis et lui avaient bel et bien passé la nuit dans le Bas-Monde !

Rhésus fut catapulté à la batterie, à côté de Twonk qu'il accompagna aussitôt en utilisant ses baguettes...

– Excellent ! clama Twonk, ravi.

Il y eut un autre flash et Cléo retomba près de Porridge, qui s'amusait comme un fou avec sa basse suspendue en dessous de sa taille et ses jambes transformées en bras.

– Salut, toi ! lança-t-il.

– Saluuuuuut ! répondit Cléo, complètement surexcitée.

Un dernier rayon lumineux... Puis Veine et Tété furent parachutés sur la scène. Ils se mirent à chanter ensemble, empoignant enfin de véritables micros :

– *Je laisserai couler ton sang comme une rivière,*

De ton foie, tu l'épongeras... comme une serpillière !

Le public de zombies hurla de joie. Leur grande idole était enfin de retour !

– *Je croque et craque,*

Pour ton sang, ta chair,

Je croque et craque,

Pour tes os, ton squelette...

Zombies en fête !

Luke adressa un sourire rayonnant à ses amis. Au fond, si Veine ne voulait pas donner sa relique, ce n'était pas si grave que ça ! Grâce à Jus de Cervelle, il régnait une atmosphère extraordinaire à Trouille-la-Mort. Si ça continuait ainsi, peut-être que ses parents seraient plus heureux, plus détendus, et qu'ils auraient envie de faire connaissance avec leurs voisins…

Mais surgissant de nulle part, lord Otto entra sur scène.

– Ça suffit ! rugit-il, rouge de colère. STOP !

L'un après l'autre, les musiciens cessèrent de jouer, et la foule se tut.

– Qu'est-ce que vous fichez ici ? hurla le propriétaire. Je vous avais bannis dans le Bas-Monde ! BANNIS, vous entendez ?

11
La relique

– Vous ? C'est à cause de vous ?

Campé devant l'estrade, Doug ouvrit sa boîte crânienne et se gratta les méninges.

– *Vous* les avez vraiment envoyés là-bas ? s'écria-t-il.

– Oui, il l'a fait, dit Veine en tendant un doigt accusateur vers lord Otto. Cet homme nous a plongés dans les bas-fonds de ce monde… L'endroit le plus horrible qu'on puisse imaginer !

Il n'en fallut pas plus pour déchaîner le public. Des zombies bondirent sur lord Otto, lui agrippèrent les chevilles et le firent tomber dans la foule. Hargneux, furieux, ils s'apprêtaient à le déchiqueter quand Luke arracha le micro des mains de Veine :

– Arrêtez !

Tous les visages se tournèrent vers lui.

– Lord Otto est cruel, et il a fait du mal à beaucoup de monde, c'est vrai, mais ce n'est pas pour ça qu'il faut le condamner ! poursuivit Luke d'une voix frémissante.

Doug le rejoignit sur scène :

– Mon petit pote a raison ! N'oublions pas l'état d'esprit de notre festival ! La fraternité avant tout !

Les zombies qui avaient attaqué lord Otto le regardèrent avec étonnement... Puis, avec un rugissement sauvage, ils se déchaînèrent de nouveau sur le propriétaire.

– Tant pis pour la diplomatie ! s'exclama Rhésus en extirpant un sac hermétiquement fermé de sa cape.

Il l'entrouvrit et libéra des dizaines de

pixies enragées. Elles s'éparpillèrent parmi les morts-vivants, et les mordirent, les griffèrent… Les agresseurs de lord Otto décampèrent sur-le-champ. Pourchassés par ces insectes sanguinaires, tous les zombies se dispersèrent dans les rues des alentours avant de s'engouffrer au fond des tunnels qu'ils avaient empruntés pour venir.

– Super, ton idée de rapporter ces bestioles du Bas-Monde ! lança Cléo.

– Je me doutais bien que ça pourrait nous être utile, se réjouit Rhésus.

Les trois amis descendirent de l'estrade et s'approchèrent de lord Otto qui gisait par terre, recroquevillé. Il pleurait à chaudes larmes comme un bébé.

– Allez, on va vous aider à partir d'ici ! déclara Luke.

Il le hissa par un bras, Rhésus fit de même, et Cléo souleva la banderole accrochée sur le devant de la scène pour qu'ils puissent se cacher derrière et s'éloigner discrètement. C'est alors qu'elle se retrouva face à face avec le zombie borgne. Elle réprima un cri de frayeur et s'apprêtait à prendre ses jambes à son cou quand il lui tendit une fleur… Une simple fleur morte. Puis, en poussant un long soupir, il s'éloigna.

– Ben, en fait, il est sympa ! J'ai complètement changé d'avis à propos des zombies ! annonça-t-elle gaiement à ses amis.

– Et moi, j'ai changé d'avis sur les loups-garous…

Ils se retournèrent et découvrirent Veine qui se faufilait à son tour sous la scène pour les rejoindre.

– Luke, tout à l'heure, je n'ai pas voulu te remettre ma relique parce que j'ai d'abord pensé à moi, et à ma passion du chant. Mais tu as raison, c'était égoïste. Alors que toi…

Comme Luke l'observait d'un regard perplexe, Veine ajouta en désignant lord Otto :

– Tu as sauvé cet homme pourtant si malfaisant… Je suis impressionné ! Tu m'as donné envie de t'offrir ce qui m'est si précieux …

Puis Veine ouvrit la bouche, attrapa sa langue et la tira de toutes ses forces. Avec une sorte de glouglou affreux, le muscle finit par se détacher.

– … ou… oi…, marmonna-t-il en lui tendant le morceau de chair encore tremblant.

– Mais vous ne pourrez plus chanter ! protesta Luke.

– Veine va changer de métier, annonça Tété. Il sera le manager du groupe… qui a maintenant un autre chanteur ! Devinez qui ?

– Toi ? s'exclama Cléo. Oh, je suis tellement contente pour toi !

Elle étreignit joyeusement son nouvel ami, puis elle le contempla d'un air un peu soucieux :

– Mais tu n'as plus envie de connaître ta véritable identité ?

– Je sais que je suis un zombie, ça me suffit, répondit Tété avec un grand sourire.

– Tu es sûr ?

– Si je te le dis !

– Vous êtes trop mignons, tous les deux ! se moqua Rhésus. Tu ne trouves pas, Luke ?

Mais son ami regardait autour d'eux, abasourdi :

– Où est lord Otto ? Il a disparu !

– Il ne peut pas être bien loin, affirma Rhésus en soulevant la banderole.

Ils découvrirent alors que l'affreux propriétaire filait ventre à terre vers son manoir…

– Bon, pour aujourd'hui, il s'en tire plutôt bien…, commenta Luke.

– Attends un peu, répliqua Cléo. Rhésus a rapporté des pixies du Bas-Monde, et moi, j'y ai laissé quelque chose.

– Quoi ? demandèrent Luke et Rhésus d'une seule voix.

Au même instant, il y eut un flash vert… Et des bruits sourds secouèrent la scène au-dessus d'eux.

– Les paroles de « Zombies en fête » ! expliqua Cléo. Je les ai écrites, et je crois savoir qui les a trouvées ! ajouta-t-elle en risquant un œil sur la Grand-Place. Oui, c'est elle !

La fée Denta était remontée et courait après lord Otto…

– AAAAAAH ! Tes dents, je veux tes dents ! rugissait-elle.

Les amis ne purent s'empêcher de rire. Une fois qu'ils se furent calmés, Rhésus se tourna vers Cléo :

– Pourquoi as-tu fait venir Denta ?

– Pour qu'elle me rende ça…

Cléo lui montra ce qu'elle tenait dans le creux de sa main.

– Oh ! Mes crocs ! s'exclama Rhésus en s'en emparant aussitôt.

– Tu en as besoin pour rester un vampire…

Et Cléo sourit, ravie de faire plaisir à son ami.

***

Tous ensemble, ils entreprirent de démonter la scène. Luke ôtait les planches, les donnait à Porridge qui les passait à Jazza qui les rangeait dans le minibus du groupe. Twonk apporta ses toms de batterie et les aida à son tour.

– Bizarre, les pixies ont disparu, remarqua soudain Luke.

– Elles ont dû suivre les zombies sous terre, répondit Rhésus. Elles vont peut-être retourner dans le Bas-Monde en passant par une trappe-éclair !

– Pourvu qu'on n'emprunte pas la même pour nous rendre sur notre prochain lieu de concert ! dit Jazza.

– Tu sais déjà où ce sera ? demanda Cléo.

– En Norvège. Les trolls nous adorent.

– Ils sont super sympas ! lança Twonk. Ils aimeront sûrement notre nouveau charmeur…

– *Chanteur* ! corrigèrent-ils à l'unisson.

– Ah oui, oui…

– À propos, où est notre star ? s'enquit Porridge.

– Ici ! répondit Tété, qui revenait du Grand Bazar. Grâce à Veine, j'ai changé de look !

Et pivotant sur lui-même avec timidité, il montra son blouson de cuir flambant neuf, son jean troué façon rock, et son bandana rouge.

– La classe ! s'exclama Luke.

– Merci… Tiens, je te rends tes lunettes de soleil, ajouta Tété à l'intention de Rhésus.

– Non, garde-les… Sinon tu risques d'avoir des injections d'encre dans les yeux, et ensuite, tu ne pourras plus t'en passer… comme certains ! précisa Rhésus d'un air entendu.

En guise de réponse, Veine haussa les épaules et fit un geste provocateur de la main.

– Il n'a pas besoin de langue pour se faire comprendre ! s'esclaffa Cléo.

– OK, les gars, on y va ! lança Porridge en chargeant les dernières affaires dans le bus. Les trolls nous attendent !

Ils grimpèrent tous à bord après avoir dit au revoir aux trois amis. Avant de les rejoindre, Tété s'approcha de Cléo et lui offrit un cadeau :

– Tiens, pour que tu te souviennes de moi, dit-il en souriant.

– Merci ! murmura Cléo, très émue.

Rhésus lui enlaça les épaules tandis que Tété s'installait avec les autres musiciens.

Les portes claquèrent, Veine mit le moteur en marche et conduisit le véhicule de l'autre côté de la Grand-Place. Alors, le bus disparut brusquement, englouti par une trappe-éclair.

Cléo déchira l'emballage du paquet et découvrit la veste que Tété portait lorsqu'elle l'avait rencontré pour la première fois. La lettre « T » cousue sur le tissu était maintenant assortie d'un « C ».

– C'est trop gentil !

Et elle éclata en sanglots.

– À mon avis, tu ne risques pas d'oublier Tété, fit Rhésus en la serrant dans ses bras. Maintenant, les amis, à la douche ! Entre notre passage dans le Bas-Monde et tous ces zombies, je me sens horriblement sale…

– Une douche ? Bon sang ! s'exclama Luke avant de piquer un sprint en direction de sa maison.

– Qu'est-ce qui lui prend ? balbutia Cléo.

Rhésus sourit :

– Ses parents sont restés enfermés dans la salle de bains !

TROUILLE-LA-MORT

Si tu as aimé

T. 1

T. 2

T. 3

T. 4

Découvre vite la suite dans
le tome 5